Prédictions & Addictions

Régis Rodriguez est aussi l'auteur de plus de 50 pièces de théâtre dont vous pouvez retrouver les plus marquantes sur le site de Scène Envie : <u>http://www.sceneenvie.com</u>

Prédictions & Addictions

Thriller psychologique

Régis RODRIGUEZ

© 2014 Régis Rodriguez
Editeur : BoD – Books on Demand
12/14 rond-point des Champs-Elysées, 75008 Paris
Impression : BoD – Books on Demand, Allemagne
ISBN : 978-2-32-203903-6
Dépôt légal : Novembre 2014

Flash-back

Août 1989

Une berline allemande sur un chemin boueux. Rais de lumière lointains, ceux de la grand-route. Thomas, dix ans. Ses parents, Charles et Line-Marie. Il pleut. Sur la banquette arrière, l'enfant s'est recroquevillé. Il dort, il rêve... il rêve son adolescence proche, imagine le musicien d'exception qu'il devrait être. Progression sans accroc, portées hésitantes devenues chefs-d'œuvre précoces. Le songe puise dans le passé de la réalité. Il la prolonge et la débarrasse de son carcan d'impatience pour propulser Thomas sous les feux d'une arène comble. Face à lui, un piano à queue noir étincelant comme du jais. A sa droite, en contrebas, une salle bondée d'aristocrates plus ou moins mélomanes. Il s'en fout, Thomas, il n'est pas là pour eux. Il savoure son bonheur égoïste et mûr. Le prodige adresse un sourire serein à son auditoire et nargue intérieurement sa partition. Elle ne lui sera d'aucune utilité : il ne joue que ses propres compositions. Quel intérêt d'interpréter bêtement les créations de gens qu'il ne connaît pas et qui, en plus, sont morts ? Sa musique à lui, elle est vivante. Elle est fulgurance, tripes, écueils. Rocailleuse et limpide, elle flotte dans sa tête depuis son neuvième printemps, rêve et réalité confondus. Il l'a griffonnée, raturée, gommée et enfin encrée. Le jour où il a posé les feuillets définitifs sur le clavier du salon, c'était son jour de gloire. Rêve... seulement rêve ! Il a joué. Ces minutes sont gravées dans sa mémoire onirique, avec les notes, avec les silences, avec la fierté de maman. Dans la réalité aussi, il a bonne mémoire, Thomas. Très bonne mémoire... trop bonne mémoire : ses parents disent qu'il n'oublie rien, qu'il est rancunier même. C'est pas vrai ! Et puis la dernière fois, c'est Joanne qui a commencé ! Elle a cassé ma voiture téléguidée, il était normal que je me venge en déchiquetant au cutter toutes ses robes... Peine perdue et l'impression qu'elle n'attendait que ça, la Joanne, voir son frère emporté par la fureur ! Le rêve bifurque de la scène à la chambre d'enfant. Thomas fronce les sourcils. Le jour de gloire n'arrivera pas avant quelques années...

Charles De Vissandre ne sait plus comment canaliser l'impulsivité de son troisième enfant. C'était pourtant une bonne idée, le piano : la musique adoucit les mœurs ! Seulement, trois ans de cours intensifs n'ont rien changé. Thomas démontre autant de virtuosité lorsqu'il s'assied devant son instrument que d'absence de retenue dans ses crises. Déjà renvoyé deux fois de son école : accès de violence graves et répétés à l'encontre de ses camarades ! Le gosse dit que c'est parce qu'il est plus grand et plus costaud que les autres, et que ce sont de petites natures. De petites natures, grand Dieu ! Une côte fêlée pour le plus récent ! Depuis peu, le caractère du petit s'est encore endurci, indubitablement ! Heureusement, Eric est venu au monde trois ans après Thomas. Heureusement, pense Charles, parce que Thomas ne peut figurer un successeur décent à la tête de la société familiale. Pourvu, pourvu que le petit dernier soit à la hauteur ! Il en prend le chemin, Eric : il est calme. Et si Charles a bien trop à faire avec ses dossiers, Line-Marie a promis de mener à bien cette mission de la plus haute importance : faire d'Eric l'héritier incontestable de l'empire immobilier des De Vissandre.

Le rêve de Thomas continue. Le froncement de sourcils aussi. Il voit le Père Noël émerger de la cheminée avec un énorme paquet dans sa hotte. Ça sent la bougie éteinte. On n'entend pas les flocons s'écraser sur le balcon. Les guirlandes lumineuses du sapin clignotent sans tempo précis. Le barbu tend les bras. Ses manches sont trop petites. Il a de grands bras, papa ! Des mains boudinées accueillent le cadeau. C'est le petit frère, Eric. Aux anges, il s'applique à enlever les morceaux de ruban adhésif qui maintiennent le papier coloré. Maman embrasse Eric et l'homme en rouge ôte sa barbe. Il se déguise comme un chef, papa ! Le benjamin finit par déchirer l'emballage et ouvre la boîte de carton beige. Mais... mais... c'est pas un cadeau pour Eric, ça ! C'est pour moi, non ? s'interroge Thomas. C'est un piano en chocolat ! Eric le contemple un court instant, le lève vers le lustre puis le croque à pleines dents. Les parents rient, applaudissent. Il a une tache brune au coin des lèvres, le petit frère. Il hoquette de contentement. Charles et Line-Marie prennent chacun l'une des mains d'Eric et tous trois se lancent dans une ronde effrénée. Il n'y a pas de musique, mais c'est une valse. C'est sûr, c'est une valse. Pourquoi ils ont bouffé mon piano ? Thomas s'agite sur son siège arrière.

Line-Marie somnole à la droite du conducteur. Elle ressasse de sombres pensées, depuis cette discussion avec Charles, il y a quelques mois, un soir. Angoisses persistantes. Elle se souvient de ce soir-là : leur prise de position quant à l'avenir des garçons. Elle assume, mais se défend d'un quelconque favoritisme. Elle aime chacun de ses quatre enfants du même amour. Mais elle sait bien que Thomas deviendra un pianiste de renommée mondiale, qu'un artiste n'aura que faire d'une chaîne d'hôtels et de résidences, qu'il mettra un point d'honneur à construire sa propre fortune à l'aide de ses dix doigts magiques. Cependant, un frisson a parcouru l'échine de Line-Marie lorsqu'elle a entendu grincer les gonds de la porte du salon, ce soir-là... le soir où Charles et elle ont entériné le choix d'Eric comme légataire principal, à voix peut-être trop haute. Etait-ce Thomas, dissimulé derrière le battant ? Avait-il entendu ? Espérons que non ! Quoi qu'il en fût, la décision s'avérait irrévocable. Les filles, elles, trouveront sans anicroche un mari aisé qui leur assurera un avenir confortable. En tout cas, pour Joanne, c'est sûr. Elle n'a pas de défaut, Joanne. Elle est posée, parle peu. Il n'y a que son professeur d'anglais pour dire que, justement, c'est un défaut. Qu'est-ce qu'elle connaît de l'éducation des enfants, cette vieille fille de Londres ? Est-ce qu'elle est de Londres ? Peu importe... elle est aigrie, c'est tout ! Joanne sera une épouse consciencieuse et une mère formidable. Par contre, Agnès, l'aînée, est un point d'interrogation permanent. Elle paraît s'intéresser plus aux filles qu'aux garçons. Il reste à prier pour que ce ne soit qu'une fausse appréciation. Tout de même : elle passe un temps fou avec Bérangère, la fille unique des Déhal. Je crois que Joanne ne s'est jamais trop approchée d'elle, Dieu soit loué. Cette famille Déhal, quelle engeance ! Un père sans cesse en recherche d'emploi – mais comment s'y prend-il pour se faire licencier si vite, à chaque fois ? Une mère immergée dans son travail, qui porte la culotte et semble former sa fille à la même vie ! A-t-elle envisagé les conséquences de son comportement ? Tout cela ne pouvait que fausser les repères de la petite Bérangère en matière de sexualité, c'est certain. Mais pourquoi le destin a-t-il jeté cette gamine asexuée sur la route d'Agnès ? Et pourquoi Agnès s'est-elle attachée à ce point ? Quelles erreurs les De Vissandre auraient-ils commises dans son éducation pendant ces dix-sept ans ? Line-Marie n'en voyait aucune de sa part. Quant à Charles, il est si souvent absent que ça ne peut pas venir de lui... Non, bien sûr que non...

Charles et Line-Marie ont écourté la soirée à l'Opéra. Thomas s'est endormi à la fin du premier acte. C'est si rare que ses parents ont conclu à la piètre qualité de la prestation. D'habitude, il écarquille les yeux, Thomas. Il respire les notes, il hume les voix. Ce n'était pas un bon spectacle. C'est donc avec deux heures d'avance que les De Vissandre, mari, femme et troisième enfant, empruntent l'allée qui mène à la propriété familiale. Là-bas, les deux grandes et le dernier dorment probablement ou s'y préparent. Dans l'habitacle de la voiture, le Dies Irae du Requiem de Mozart ondoie à volume raisonnable. Les vitres laissent pénétrer un filet d'air frais et de fines gouttelettes.

—

Non loin de là, ce n'est pas le Philharmonique de Vienne qui rythme la soirée. Les hurlements d'un groupe de hard-rock envahissent les chambres de la demeure des De Vissandre. Le vacarme est assourdissant ; la sono crache les basses, les saturations, les écorchures vocales. Presque toutes les pièces sont éclairées. A l'étage, un jeune homme, quasi nu, frappe sur le mur d'une chambre et crie pour surpasser la musique. En vain.

— Agnès, putain, tu fais quoi ? Elle est où, l'autre ? Serge, t'es dans l'coin ? Putain, Serge ! Serge ! 'Fermée à clef, bordel, c'te chambre !

Un cri d'adolescente résonne dans les couloirs. La porte d'entrée claque. A deux reprises. De la fenêtre, le jeune homme à peine pubère perçoit trois silhouettes. Devant, un couple. Derrière, une furie jalouse, en pleurs. Elle poursuit le couple, sous l'averse. Il fait noir. Deux phares blancs se rapprochent, masqués par les troncs d'arbres.

—

— Que se passe-t-il ? se demande Charles De Vissandre en apercevant la maison et toutes ces lumières.

Les chambres de Joanne et d'Eric sont éteintes. Plus maintenant : l'halogène de Joanne vient d'être mis en marche. Ombre chinoise reconnaissable par ses longs cheveux et ses rondeurs, elle s'est approchée des vitres. Une autre ombre, masculine, apparaît à la fenêtre de la chambre d'Agnès. Charles accélère, anxieux.

— Mon Dieu, Charles, tu entends cette musique barbare ? s'offusque Line-Marie.

Thomas se réveille et se redresse. Il glisse sa tête entre les sièges de ses parents. L'étroitesse de l'espacement bloque le passage de ses oreilles. Les paupières à demi fermées, il observe sa sœur au premier étage. Joanne gesticule, comme gagnée par l'affolement... La poignée de la fenêtre lui résiste. Thomas, lui, ouvre grand ses yeux maintenant. Un regard plein d'effroi. Le couple en fuite vient de passer devant la voiture. Afin de les éviter, Charles fait une embardée sur sa gauche. La berline perd son adhérence dans la gadoue. Le rose d'une chemise de nuit entre brusquement sous le faisceau. Line-Marie pousse un cri d'horreur : « Agnès ! ». Dans le regard de Thomas : l'effroi encore, toujours plus, à son paroxysme.

Un bruit sourd sur le pare-brise. Comme un moineau qui s'écrase. En plus lourd. Ensuite, un arbre. Et juste avant le choc final, la voix de Thomas :

— Non, non !

Prédictions

Onze ans plus tard...

Samedi 8 Juillet 2000

— Bonsoir à tous ! Bienvenue sur le plateau de votre nouvelle émission, « *PCDM* », que vous retrouverez chaque deuxième samedi du mois, en direct intégral sur TVJ ! Avec nous, ce soir, de très nombreuses vedettes de la chanson française ou internationale ! Pour votre plus grand plaisir, amis téléspectateurs, *PCDM* est diffusée en simultané sur RPJ, dont vous connaissez la fréquence dans votre région. Et comme le nom de l'émission l'indique, il s'agit de braquer nos *spot-lights* sur des gens pas comme les autres, que nous appellerons nos *PCDM* : « Pas Communs Des Mortels » ! Nous recevrons ce soir trois *PCDM* parmi lesquels Fred, un dessinateur-caricaturiste hors normes... puisqu'il est aveugle de naissance ! Avant de l'accueillir, je vous propose de regarder le reportage d'Amélie, notre enquêtrice de choc... après une courte pause publicitaire. Restez avez nous ! Et à tout de suite !

En posant son micro sur la table du plateau, Léa Bérenger se renfrogna.

— Yves, tu peux décaler légèrement le projo ? Oui, celui-là, merci ! lança-t-elle en pointant son doigt au-dessus du public.

Elle ôta son oreillette et quitta l'univers bigarré du plateau pour celui, effervescent, des coulisses. Eddie l'attendait avec un verre d'eau tiède citronnée.

— Tout va bien, ma grande ?

— J'avais un *spot* dans la gueule, tu parles si tout va bien ! J'ai dû cligner de l'œil au moins vingt fois !

— Et alors ? C'est super sexe pour ton public, le clin d'œil ! Complicité totale, jeunesse, tout ça... Je te rappelle qu'on cible les quinze, vingt-cinq ans !

— Eddie ! Tu m'as promis...

— Je sais, je sais... Ne t'inquiète pas, tu toucheras aussi un public plus mûr, c'est évident ! Simplement, pour que l'émission dure, faut assurer les parts de marché convenues avec la chaîne !

« Deux minutes ! Fin de la coupure pub' dans deux minutes ! » annonça la voix rauque du réalisateur.

— Je suis comment ?

— Géante, ma grande, géante ! Comme d'hab'. Mais ne me demande pas ça à chaque intermède, tu risquerais de « t'extinctionner » la voix. Je plaisante ! Reste concentrée...

« Une minute ! Léa, on t'attend sur le plateau ! José, tu prépares le *jingle*. Marco, bouge-toi ! »

Marc, le chauffeur de salle, s'acquitta de sa tâche avec brio. Une salve d'applaudissements et des sifflets de ferveur ponctuèrent l'entrée de l'invité numéro un. Le public était constitué en majorité d'étudiants venus fêter la fin de leurs examens. Debout, ils jouaient le jeu à merveille, exceptés quelques réfractaires : un couple de personnes âgées arrivé là par un curieux hasard, un jeune homme qui avait conservé son bonnet noir contre toute bienséance, une adolescente contrariée de n'avoir pas eu le temps d'aller aux toilettes...

Léa posa quatre fois ses lèvres sur les joues du jeune non-voyant.

— Bonsoir Fred ! Merci d'être présent parmi nous. Assieds-toi, je t'en prie... Le reportage d'Amélie, c'est parti !

Fred Barrot n'était effectivement pas le commun des mortels. Il commençait chacun de ses portraits par un étonnant préambule qu'il nommait « l'empreinte tactile » : il promenait ses doigts et les paumes de ses mains sur le visage de son modèle, puis s'installait devant son chevalet et entamait son œuvre. La justesse des traits qu'il restituait avait de quoi abasourdir.

—

A vingt-deux heures trente, la voix rauque hurla un « ter-mi-né ! » qui libéra Léa. Un tonnerre de vivats enflamma la foule estudiantine. Eddie se précipita vers sa protégée.

— Magnifique, ma grande, magnifique !

— Sois cohérent avec ton propre discours, Eddie : attends les chiffres, attends...

— Et toi, sois sûre qu'on n'aura aucun problème de ce côté ! C'est tranquille, j'te dis !

— N'empêche que je préfère me stresser pour quelques dizaines de milliers de téléspectateurs – au minimum – que pour quatre pelés et trois tondus ! rétorqua la jeune femme. Et puis qu'est-ce que je dis, moi ? Voilà que je me mets à penser comme toi !

Eddie ne s'arrêta pas à cette dernière réflexion.

— Des dizaines de milliers ? Tu rigoles ! Tu as vendu neuf cent mille albums en France ! Fais le calcul : si chacun de tes fans regarde avec son copain ou sa copine, ça fait déjà presque deux millions, c'est mathématique !

— Ça, c'est de l'arrondi ! Et... depuis quand t'es un matheux, Eddie ?

— Depuis que j'te *manage* ! On multiplie déjà les disques par les francs, j'adapte la formule pour la télé. Pas compliqué !
— Tu me prends la tête, Eddie !
— T'es vraiment chiante quand t'es vidée de ton adrénaline, ma grande. Mais je t'aime comme ça. Allez, va te reposer un moment dans ta loge.

—

Samuel Mekri, dit Eddie Mercurio, était le fils aîné d'une famille juive relativement aisée. Nathan et Rachel, ses parents, avaient émigré de Tunisie vers le Var, au début des années soixante. Montés ensuite à Paris, ils avaient ramené à la prospérité un commerce de textiles en déclin.

A dix-huit ans, baccalauréat en poche, Samuel leur avait annoncé qu'il délaissait ses études, sans autre précision. Ils l'avaient laissé faire, respectueux de sa décision et confiants en ses capacités. Avec une condition, toutefois : il quittait l'école de la connaissance pour celle de la vie, soit ! Mais il en adoptait les règles : la débrouille ou la galère ! En aucun cas ses parents ne subviendraient à ses besoins, sauf sérieux coup dur. Samuel avait accepté de bonne grâce. Ce mode de fonctionnement lui convenait : il deviendrait un homme plus vite, ne serait jamais un assisté et réussirait tout de même. Pour les remercier un jour...

En fait, pendant plusieurs mois, il allait transiger avec les fameuses règles du jeu de la vie : louvoyant entre débrouille et galère, il finit par se découvrir une passion pour la photographie. Il avait ainsi trouvé sa voie, mais pas encore une source suffisante de revenus. Il lui fallait une étincelle, il le sentait. Pour la susciter, il s'imposa un *challenge* supplémentaire : il partirait à l'étranger, à Londres, et se donnerait quinze jours pour y faire son trou. Pas un de plus. Quarante-huit heures après avoir franchi la Manche, il rencontra un photographe suisse qui lui proposa de l'épauler dans ses travaux, une demi-journée. Samuel devait mettre en place un jeu de lumières sophistiqué, pour une série de clichés destinés à étoffer le *book* d'une jeune française. Cheveux très courts, *look* « garçonne », un visage d'une pureté extraordinaire et un corps splendide, le mannequin arriva avec trois quarts d'heure de retard. Hubert, le photographe, l'accueillit avec froideur. Samuel, foudroyé par la beauté du modèle, l'aborda en lui tendant une main franche. « Eddie Mercurio, agent artistique, enchanté de vous connaître ! ». Un clin d'œil vers Hubert qui n'en revenait pas et la séance débuta. Les lumières étant déjà réglées, Samuel fit mine de superviser la séance puis emmena la jeune femme dans un restaurant français de la *City*. Très vite, elle comprit qu'il n'était pas celui qu'il prétendait être. Cependant, le bagout et la détermination affichés par Samuel allaient la persuader qu'il ne fallait pas manquer le coche. Elle décida de lui faire confiance.

Il fixa les grandes lignes de leur stratégie : elle prendrait un pseudonyme, « Léa Bérenger », et abandonnerait le côté garçonne pour l'ultra-féminisme. Samuel-Eddie ferait le reste. Leur collaboration commença de façon peu encourageante puisqu'elle dépassa le cadre professionnel pour devenir relation amoureuse. Avec les inconvénients que cela suppose : les journées sous la couette, donc improductives, puis le quotidien, la possessivité d'Eddie et enfin la lassitude de Léa. Sous l'impulsion de Léa mais d'un commun accord, ils stoppèrent toute implication sentimentale, sans remettre en cause leur volonté de faire décoller sa carrière.

Dès leur retour au pays, le *manager* improvisé se démena pour obtenir, dans un premier temps quelques couvertures de magazines à faible tirage, puis rapidement celles des grands titres nationaux. Très vite, Léa illumina les kiosques du monde entier. Une consécration internationale survenue en un temps record, sous la houlette du petit Mekri devenu Mercurio. Au départ, Eddie avait pour objectif de prouver la force de son amour. Il travaillait d'arrache-pied, dormant très peu voire pas du tout, voyageant sans relâche pour atteindre son but : elle l'aimerait à nouveau ! C'est pour ça qu'il vivait. Puis, le temps passant, il s'accoutuma à l'idée qu'il ne serait jamais plus que « l'agent de Léa Bérenger ». Et que ce ne serait pas plus mal comme ça. Elle avait ses aventures, il avait les siennes. Ils le vivaient plus ou moins bien. Il se prit donc à son propre jeu, ne pensant plus qu'à perpétuer l'image d'« Eddie Mercurio, l'homme aux soixante idées par minute ». Tu seras chanteuse ! avait-il un jour claironné. Elle avait un joli brin de voix, mais pas plus que n'importe qui, pensait-elle, et n'avait jamais songé à ce type de carrière. Qu'à cela ne tienne ! Eddie écrirait les textes et... quitte à se lancer, autant faire les choses en grand : ils s'adjoindraient les meilleurs compositeurs, arrangeurs, musiciens et choristes de cette planète, et le tout serait mis en boîte – soyons fous – à New York !

Le jour anniversaire des cinq ans de leur rencontre, Eddie dévoila son projet : le titre qui va tuer, je l'ai appelé *Réfléchie*... Lis les paroles que j'ai écrites ! Et fais tes bagages, l'avion part dans trois heures ! Ils avaient tout plaqué – y compris pour Eddie, tacitement, sa compagne de l'époque – pour se retrouver face à... la moue du compositeur local, à la lecture des paroles en français. « Pas très chantant, tout ça ! ». Eddie, vexé, tint à réécrire lui-même un texte en anglais sur un sujet identique : on peut être belle et en avoir dans la tête. Les *lyrics* de la chanson *Brain and legs* étaient nés et furent rapidement adoptés par tous, moyennant retouches mineures.

Dans l'avion du retour, début 1999, ils avaient consulté les tableaux des ventes aux Etats-Unis – un succès d'estime – mais surtout les chiffres européens : un plébiscite en France, Angleterre et Belgique, un frémissement prometteur dans de nombreux autres pays. Pari gagné, une fois de plus, pour Eddie Mercurio.

— Tu te rends compte, Léa ? s'était-il esclaffé. J'étais parti pour te faire chanter *Réfléchie* en français. J'étais super fier de mes paroles ! Résultat : je griffonne en vitesse une version anglaise sur un coin de table et on fait un tube international ! T'es une bombe, ma grande !

— C'est toi, Eddie... c'est toi ! avait chuchoté Léa, les yeux mouillés d'admiration. J'aime ta folie, Eddie...

— Tu me traites de fou ?

Elle s'était mise à bredouiller.

— C'est peut-être pas le mot juste, mais je...

Il l'avait entourée de ses bras.

— C'est que tu as raison, ma foi ! Je suis fou tout court... et je suis fou de toi ! Bi-fou, quoi !

Ils s'étaient embrassés tendrement. Cinq ans et demi après leur rupture, le couple se reformait durablement. Aucun des deux n'avait osé le reconnaître jusqu'alors, mais les années n'avaient pas dilué leurs sentiments. Bien au contraire, ce nouveau départ était le prolongement naturel d'une histoire forte, vraie, unique.

Fin 1999, Léa et Eddie pouvaient s'enorgueillir d'une réussite totale. L'album *Réfléchie*, savant dosage de titres français et anglo-saxons, s'était écoulé à plus de neuf cent mille exemplaires en un trimestre sur le territoire français. Eddie n'en avait, bien sûr, fait qu'à sa tête en profitant du succès anglophone pour ressortir des cartons le texte français initial. A la même époque, la « jeune chaîne de télévision pour les jeunes », TVJ, contacta le *manager*, auteur et désormais concubin officiel de la star montante. Le concept de *PCDM* jaillit du cerveau explosif d'Eddie, évidemment. « Il faut te donner de l'épaisseur, ma grande ! » scandait-il. Des émissions pilotes devaient être diffusées durant l'été 2000 et Eddie avait tenu à *coacher* l'équipe de préparation.

Léa sortit de sa loge avec un bouquet de roses d'un rouge flamboyant. Eddie accourut.

— Ouah ! Quel est le *gentleman* qui t'a envoyé cette merveille, ma grande ? Je vais être jaloux, dis donc !

— Ose me dire que ce n'est pas toi, Eddie ! Ose !

— Ben merde ! Ça sert à quoi les cadeaux-surprises si tu sais toujours de qui ça vient ?

— La prochaine fois, évite de laisser la carte du fleuriste, gros malin ! Qui fait livrer des « rouge-pastel spéciales » de chez *MayFlower*, à Toulon ?

La variété n'était commercialisée que par deux fleuristes en France.

— Des tas de gens ! soutint mollement Eddie, confondu.

Il composa une bouille de chien battu, bras ballants, joues gonflées, la lèvre inférieure empiétant sur sa moustache. Léa aimait sa façon de faire l'enfant triste. Elle déposa la gerbe rouge sur un fauteuil, s'approcha de son *Pygmalion* et fit glisser son index droit du front au menton d'Eddie. Le doigt remonta lentement, effleurant la barbiche du jeune homme. Elle sourit, puis pinça subitement sa lippe de boudeur.

— Aïe ! geignit Eddie. Tu veux me mutiler ou quoi ?

— Et pourquoi pas ? Si tu restes le même, je vais me lasser !

Eddie ouvrit des yeux ronds et bafouilla.

— Tu... tu plaisantes, là ?

Elle le toisa, prit une large inspiration.

— Non. Je… vais te quitter, Eddie...

Il se décomposa. Léa continua sa phrase.

— ... Et je vais me teindre les dents en violet pour ouvrir un restaurant congolais « *Topless* » au Pérou... Mais bien sûr que je plaisante, mon chou !

Elle le serra très fort. Pour la première fois, Eddie s'était laissé avoir. C'était pourtant lui qui avait instauré ce petit jeu qui consistait à rester le plus stoïque possible tout en racontant n'importe quoi. Les cils humides, il agrippa la nuque de Léa et referma ses doigts sur une poignée de ses cheveux. La perdre ! Son pire cauchemar ! Elle était tout pour lui : son oxygène, son paysage, sa berceuse. Léa sentit sur sa poitrine les battements du cœur de celui qui lui avait apporté tant de bonheur. Suis-je allée trop loin ? se demanda-t-elle. Non, normalement non... C'est notre jeu, notre jeu à nous ! Il sait combien je l'aime. Elle se dégagea, conservant ses mains sur les coudes d'Eddie qui baissait la tête.

— Regarde-moi, Eddie...
Il avait du mal à reprendre un rythme de respiration normal.
— Regarde-moi, Eddie ! répéta-t-elle autoritairement.
— Qu... quoi ? balbutia-t-il.
— Je t'aime, imbécile ! Pas parce que tu es mon agent... pas parce que tu es mon auteur... pas pour te larguer comme une vieille chaussette dès que j'aurai atteint mon sommet – s'il y a un sommet ! Non. Parce que tu me fais rire, parce que tu me parles, parce que tu m'écoutes, parce que tu me soutiens... parce que tu es toi !
— T'es... t'es sûre ?
— Non, je suis pas sûre ! Nooooon !!! Voilà, t'es content ? Allez viens, pauv'naze de mes rêves ! On se rentre et on se fait des lasagnes au coin du feu !

Eddie reprit du... poil de la bête :
— Tu veux qu'on achète une peau de tigre ? fit-il. C'est mieux devant la cheminée !
— En y réfléchissant mieux... une couette et un lit, ça ira très bien ! J'ai le dos en compote à force de rester debout !
— Tope là, ma grande. On est partis !

—

Léa lança un sourire fatigué mais sincère à ses groupies venus guetter sa sortie. Elle leur distribua quelques-unes des roses offertes par Eddie, avec son accord.

Le spectateur au bonnet noir ramasse la carte du fleuriste tombée à terre. « MayFlower »... ça peut toujours servir...

Ensuite, Léa et Eddie s'installèrent à l'arrière de la superbe berline noire qui les attendait.

—

Hervé, leur chauffeur, les considérait comme ses amis plus que comme ses employeurs. Il était fier d'être celui qui les raccompagnait après chaque spectacle pour le retour au bercail d'un couple presque comme les autres. Ils n'étaient pas une star et son *manager* dans une voiture luxueuse aseptisée. Ils étaient un homme et une femme amoureux... et aucun ne savait conduire, tout simplement ! Hervé recueillait leurs confidences et se livrait parfois lui-même. A l'origine, Eddie l'avait choisi pour son homosexualité. Pour qu'il ne finisse pas par s'amouracher de sa patronne. Depuis, il l'appréciait pour sa convivialité et la justesse de ses opinions. Ce sont des types comme lui qui nous aident à garder les pieds sur terre, confiait-il à Léa.

Elle, pourtant, n'avait pas besoin de garde-fou dans ce domaine. La condition modeste de ses parents pendant sa jeunesse, leur multitude de tracas respectifs, avaient forgé son humilité. Son père, Patrick, avait jeté l'éponge dans son combat pour regagner une position sociale. A quarante-huit ans, il était décidément trop vieux pour espérer relancer sa carrière, pour peu qu'elle eût été lancée un jour. Près de trente années de petits boulots à l'exception d'une parenthèse heureuse de trois ans. Une existence faite de malaise et de noyades dans un abîme alcoolisé sans fond. Il refusait tout coup de pouce de sa fille pour trouver un emploi stable. Viviane, si elle était toujours légalement son épouse, habitait désormais un vaste studio en banlieue nord de Paris. Elle ne pouvait supporter de le voir s'autodétruire alors qu'elle, plus âgée de cinq ans, avait tant sué pour réussir sa vie professionnelle. Elle avait gravi pas mal d'échelons, patiemment : elle était devenue responsable du personnel d'un hypermarché. Refusant catégoriquement l'idée de divorce, la quinquagénaire avait cependant tiré un trait sur sa vie conjugale... et sur la gent masculine en général. Hormis le trajet vers son lieu de travail, elle ne quittait que rarement son *loft*, lisait des forêts entières de bouquins et apprenait l'italien sur son ordinateur.

—

Léa et Eddie, plus fatigués qu'ils ne le croyaient, se couchèrent sans passer par la case « lasagnes ».

Mercredi 12 Juillet 2000

Le deuxième anniversaire de la victoire française en Coupe du Monde de football irradiait Paris d'une atmosphère festive. Les acteurs du stupéfiant envahissement des Champs-Elysées, deux ans auparavant, avaient ressorti leurs écharpes, leurs maquillages et leurs hymnes à la joie. Sur les écrans géants des bars de la capitale qui en étaient équipés, les trois buts des bleus et la remise du trophée s'enchaînaient en boucle. On entendait des « On est les champions, on est les champions... », des « Et un, et deux et trois-zéro ! » ou encore des « Et ils sont où ? Et ils sont où ? Et ils sont où, les brésiliens ? » teintés de bonne nostalgie. La bonne nostalgie, c'est celle qui donne le sourire, pas celle qui tire des larmes, disait Eddie.

Il avait le sens de la formule, Eddie, mais aussi celui des actes. Souvent mûris, parfois coups de sang, ses projets devaient se concrétiser quoi qu'il arrive. Question de survie ! Ce matin-là, il avait gardé un silence pensif entre les émiettements de biscottes et l'ajustement de sa cravate. Puis, il avait clamé un très hollywoodien « *See you tonight, Pretty Woman* ! », aux accents de chewing-gum et suivi d'un déhanchement subtil, avant de sortir.

Léa et lui avaient passé un dimanche précédent casanier, devant une bonne demi-douzaine de films loués à la vidéothèque du coin. La jeune femme, qui connaissait par cœur son compagnon, se demanda quelle idée folle pouvait bien motiver cette boulimie de cinéma. Cette conviction – il y avait anguille sous roche – se renforça les deux soirs suivants, lorsqu'il ramena quatre autres DVD. Le mardi vers minuit, en éteignant l'appareillage vidéo, Eddie avait conclu : « Tu vas faire l'actrice, ma grande ! ». La « grande » l'avait traité de dingue. Il avait acquiescé, ajoutant toutefois qu'elle aurait sûrement plus de talent que toutes les jeunes premières qu'ils avaient vues depuis trois jours... réunies ! Léa ne luttait plus contre ses lubies depuis belle lurette. C'est ainsi qu'il voulait entreprendre, en ce mercredi de commémoration, ses premières démarches.

—

La future star du grand écran – comment pouvait-il en être autrement avec un type comme Eddie ? – avait sa matinée devant elle. Hervé la conduisit dans le quartier Montparnasse, à une grande brasserie nommée « Aux Chevaliers » où elle aimait boire une menthe à l'eau en écoutant de la musique. Habitués à la voir, le personnel et les clients réguliers lui laissaient une paix royale malgré sa notoriété. Avant d'y pénétrer, elle donna ses consignes à son chauffeur.

— Quartier libre jusqu'à midi, moussaillon ! Gare la voiture où tu peux et fais comme bon te semble. Rien ne t'empêche de venir partager ma table, d'ailleurs. Tu seras même bienvenu, tu le sais. Tu fais comme tu veux.

— Merci madame !

— Hervé ?

— Oui, madame ?

— Répète après moi, c'est simple : Lé-a, Lé-a ! S'il te plaît, appelle-moi par mon prénom et tutoie-moi ! Quand on s'est rencontrés à New York...

— On se vouvoyait !

— Tû-tût ! Ça a duré deux heures et après on se tutoyait, là-bas ! Quand tu as commencé à bosser avec nous, je sais pas ce qui t'a pris... Et le pire, c'est que, quand on se voit en dehors du boulot, tu me tutoies bien, non ?

— Si, mad... Léa ! Mais d'abord ça fait longtemps qu'on ne se voit plus trop « en dehors » et ensuite, avec le costume, les gants, tout ça... c'est pas facile !

— Vire le costume !

— Mais, Léa ! Comment voulez-vous...

Léa superposa sa voix à celle d'Hervé.

— ... Veux-tu, veux-tu...

— Hum... ronchonna-t-il. Comment veux-tu que je m'habille différemment pour v... te conduire ?

— Ben, comme tu t'habilles pour TE conduire en allant faire tes courses, par exemple !

Hervé, admirateur inconditionnel de Léa depuis la première heure, était un étudiant en vacances lorsqu'il avait rencontré le couple dans une discothèque new-yorkaise. Il s'était déclaré prêt à les suivre partout, quelle qu'eût été la contrepartie. « Vous ne savez pas conduire ? Moi, « chauffeur », je trouverais ça pas mal, qu'est-ce que vous en pensez ? » avait proposé l'universitaire lyonnais qui n'entrerait jamais en maîtrise de droit. Deux ans plus tard, il ne regrettait rien : c'était bien payé et fort agréable. Ses cours de *management* firent une soudaine réapparition.

— Non, Léa, je ne peux pas ! Ce genre de comportement, c'est la porte ouverte à toutes les familiarités. On se tutoie d'abord, on s'appelle par nos prénoms, ensuite on boit des canons ensemble, on se met en *jeans* pour conduire... et ça finit avec un bermuda effiloché, des grosses tapes sur l'épaule et l'irrespect total ! C'est bien connu, vous savez, Léa : il faut une certaine distance ! affirma-t-il péremptoirement.

Léa, radieuse, appuya son index sur le nez du chauffeur.

— J'ai ga-gné ! se délecta-t-elle.

— Gagné ? Gagné quoi ?

— La première étape ! Tu m'as appelée deux fois « Léa » le plus naturellement du monde ! Je vais m'attaquer au tutoiement et on finira par le costume. Je t'aurai, garnement ! Allez, prends tes quartiers !

— Ah la la ! bougonna le « garnement » de vingt-trois ans.

—

Léa entra dans la brasserie et salua le personnel. Elle choisit une chaise avec vue sur l'écran géant et commanda sa boisson. Des images de liesse collective défilaient. La Coupe du Monde ! Elle se souvint de l'euphorie qui régnait dans les tribunes du Stade de France où Eddie l'avait convaincue de se rendre pour la grande finale. Elle avait rejoint, en compagnie de la copine d'Eddie à l'époque, les rangs de ces femmes converties à la religion du ballon rond pour la circonstance. Sur l'écran, le troisième but. Il est mignon, ce... comment s'appelle-t-il déjà ?... Eric ? Non !... Emmanuel... Emmanuel Petit ! Ah oui ! Ce visage d'ange et ces cheveux blonds flottant sauvagement sur les épaules ! Craquant ! Elle l'avait croisé lors d'un défilé organisé pour le premier anniversaire de l'événement. La tête d'Eddie ! Il était resté collé à elle dans les coulisses. La jalousie, tout de même ! Ce n'est pas parce qu'elle appréciait le physique du sportif qu'elle aurait, ne fût-ce qu'une seule seconde, pensé à nouer une idylle avec lui ! Qu'est-ce qu'il croyait, Eddie ? Qu'elle allait le quitter pour tous les mecs qu'elle trouverait beaux ? Les hommes sont-ils bêtement possessifs ! Nous, les femmes, ce n'est pas pareil. Non...

Une coulée chaude l'extirpa de ses pensées. Du café sur la manche de sa chemisette, qu'une jeune femme rousse venait de renverser malencontreusement.

— Oh, excusez-moi, madame ! Franchement, je suis confuse ! Ne bougez pas, je vais chercher une serviette et de l'eau.

— Ce n'est pas grave, fit Léa. Je change de vêtements dans deux heures ; il n'y a pas de grosse tache. Ne vous dérangez pas !

— Oh, je suis désolée... Cette sale manie d'aller prendre ma tasse au comptoir pour éviter à la serveuse de se déplacer ! C'est trop bête !

Léa sourit.

— Non, ce n'est pas bête ! C'est même gentil de votre part. Par contre, il y a des serveuses qui le prendraient mal. C'est leur *job* de vous servir à votre place. Et il y a des susceptibles partout ! Au passage, si vous tenez à votre café du matin, Nathalie est juste derrière vous.

L'inconnue maladroite réclama un autre café. La *barmaid*, sur un clin d'œil de Léa qui exhibait sa manche, ajouta qu'elle ne compterait pas le premier.

— Je vous remercie, s'empressa la rouquine.

— Ce n'est rien. Vous êtes accompagnée ?

— Pardon ?

— Vous êtes ici avec quelqu'un ou je peux vous inviter à ma table ? précisa Léa.

— Je... Bien volontiers ! Oui, je suis ici seule.

— Moi, c'est Léa, et vous ?

— Orényce, enchantée...

— Orényce ? Pas très courant, comme prénom. C'est de quelle origine ?

— C'est un pseudo. Je suis voyante !

— Tiens donc ! Lignes de la main ? Cartes ? Astrologie ? Bouboule de cristal ?

— Astrologie, numérologie et tarots, plus des petits trucs à moi... et surtout pas de bouboule ! C'est du folklore, ça ! assura la voyante froidement.

— Je ne voulais pas vous vexer ! C'est vrai que je n'y crois pas trop, mais je respecte les gens qui y croient et ceux qui font ce métier avec honnêteté... Il y a bien des tas de charlatans dans votre... euh... corporation, non ?

— Des tas, je n'irai pas jusque-là. Disons, quelques-uns... surtout chez les vieux ! Les plus jeunes sont en général les plus sérieux, aujourd'hui, à mon...

— Si je puis me permettre, coupa Léa, vous avez quel âge, vous ?

— Vingt-cinq ans.

— Justement, j'aurais cru que les gens qui font appel à la voyance feraient plus confiance en des personnes expérimentées.

— Ça dépend. Tout est question de bouche à oreille, en fait ! Il est vrai que je débute, mais mes clients font ma publicité et j'avoue qu'elle est fructueuse. Ce sont, pour la plupart, des personnes qui reviennent régulièrement.

— Vous êtes donc une bonne voyante, *a priori* !

— C'est ce qu'on dit !

Orényce fixa ses pupilles bleues au fond de celles de Léa, qui la taquina aussitôt :

— Vous êtes hypnotiseuse aussi ?

— Non, c'est un réflexe professionnel. On lit beaucoup dans les yeux et la physionomie de ses interlocuteurs... Mais ça, je le reconnais, c'est plus de la morphopsycho qu'autre chose !

— Et vous lisez quoi dans mes yeux ?

— Vous avez du liquide sur vous ? plaisanta la voyante en tendant la main, paume vers le haut.

Elles échangèrent un sourire. La discussion prit une tournure complice.

— Sans rire, je veux bien t'accorder une mini-séance gratuite, fit Orényce. Avant d'oublier, je te laisse ma carte ; si tu te mets à y croire et que tu désires un passage en revue plus complet, n'hésite pas !
— C'est à voir... Tu sais ce qui me plaît chez toi ?
Orényce se raidit un instant.
— Tu vas me le dire…
— C'est que tu ne m'as pas reconnue et que tu as accepté de prendre place à mes côtés en toute simplicité.
— J'aurais dû ? demanda la voyante.
— Non... Laisse tomber ! Ce sera mieux pour la prédiction. Alors ?
— Nom, prénom, date et lieu de naissance, s'il te plaît ? On va faire un petit saut dans ton passé !
Léa n'imaginait pas ce « petit saut » autrement que comme un divertissement anodin. Dans le cas contraire, cette dernière phrase l'aurait peut-être poussée à faire machine arrière. Elle énuméra :
— Nom : Déhal, prénom : Bérangère. Je suis n...
— Bérangère ou Léa ? Faudrait savoir !
— Y'a pas que toi qui as droit au pseudo !
— Personnage médiatique, donc... puisque j'aurais dû te reconnaître !
— Bref : je suis née le 3 mai 1971 à Nanterre, Hauts-de-Seine.
— Je te préviens tout de suite : les chiffres, c'est une chose. Personnellement, selon l'énergie que tu dégages, j'aurai des flashes qui me viendront, sans rapport direct avec les astres ou la numérologie. Tu acceptes le principe ?
— Allons-y ! fit Léa.
— Bien...

—

Hervé trouva une place pour se garer après trente-cinq minutes d'exploration. Il sortit et consulta l'horodateur afin de déterminer la somme à investir. Jusqu'à midi moins dix, ça ira. Il plaça le ticket de stationnement à l'intérieur de la berline, puis se mit à marcher en direction de la brasserie.

—

Un grand jeune homme coiffé d'un bonnet noir couvrant son front et ses oreilles. Il sillonne les ruelles, l'œil rivé sur les pare-brise. Il avise un procès-verbal sur une petite voiture. Soulève l'essuie-glace, prend les deux feuillets. Une femme l'interpelle : « Hé ! C'est ma voiture ! ». Il ne l'entend pas mais pressent qu'on l'a vu. Se met à courir, le PV à la main, tourne au coin de la rue. Court encore, courra tant qu'il y aura quelqu'un à proximité. On ne doit pas voir son visage. Il ne transpire pas. Ses jambes sont puissantes et véloces. Il s'immobilise sous un porche. En sort avec une démarche assurée. Quelques pas, puis une splendide berline noire. Il mémorise l'heure inscrite sur le ticket d'horodateur, au-dessus du volant : onze heures cinquante. Dépose le PV volé sous l'essuie-glace, puis reprend sa marche.

Il arrive devant une grande brasserie, se positionne à un mètre de la vitre, semble fouiller les poches de son blouson. En fait, il fait évoluer ses doigts à hauteur de poitrine, en une étrange chorégraphie. Le poing droit fermé et l'index gauche levé, les bras séparés. Puis les cinq doigts de la main droite écartés à côté du poing gauche fermé. Répète, une deuxième fois, les mêmes mouvements. Ensuite, il cherche réellement dans sa poche. Un ticket de métro. Pour finir, il s'engouffre dans le souterrain proche, station Gaîté.

—

Orényce combina les chiffres et lettres crayonnés sur un mouchoir en papier. A l'issue de calculs cabalistiques, elle s'apprêta à faire part de son diagnostic à Léa, sur un ton neutre.

— Le futur, ce sera à la prochaine séance...

La jeune voyante pressa ses pouces sur son front. Ses mains étaient aussi fines que le reste du personnage ; ses ongles étaient colorés de noir. Au gré des variations de lumières de la salle, le creux de ses joues s'accentuait à l'extrême. Elle serra les dents, inspira du nez puis énonça :

— Psychologiquement, une vie coupée en deux parties. Dans la première, rien de facile. Tu t'es cherchée jusqu'à... environ dix-huit, vingt ans. Après, virage à cent quatre-vingts degrés, tout roule depuis.

Léa fronça les sourcils, puis reprit une expression amusée.

— Les amours, c'est pareil, continua Orényce. Adolescence tourmentée. Un flou... Je vois... des cheveux longs, châtains... Après, retour à la normale. La date de transition semble être la même que pour ton psychisme.

Léa sentit son pouls s'accélérer fortement. Elle se redressa comme pour prendre de la distance.

— Te contracte pas, Léa, j'ai bientôt fini ! Alors, la chance... La chance, je pense que c'est bon, mais... c'est toujours après la fameuse date, deux, trois années plus tard, je pense. Je vois un avion, je vois l'océan, je vois une flamme...

Dix secondes de silence. Orényce termina.

— Tu sais très vite à qui faire confiance et ça, ça t'a servi. Sache que ça te servira encore.

La rouquine posa sa main à plat sur la table.

— Fin de la mini-séance gratuite. Est-ce que j'ai bon sur le passé ?

— T'es pas censée me poser la question, non ? répliqua Léa brutalement.

— Comme il s'agit d'un test, je me suis dit que... Mais tu n'es pas obligée de répondre, évidemment !

— Bon.

Hervé entra et salua l'inconnue assise à la table de sa patronne.

— Mademoiselle...

— Orényce ! compléta celle-ci. Bonjour !

— Orényce est voyante, fit Léa, contractée. Orényce, je te présente Hervé, un ami.

Elle nota la grimace du jeune homme, et reprit des couleurs.

— Ben quoi ? On n'est pas au travail, là ! T'es un ami, point ! Et tu vas pouvoir me tutoyer, na na na !

Orényce composa une moue en forme de point d'interrogation. Léa expliqua qu'Hervé était son chauffeur mais que leur relation ne se cantonnait pas aux banquettes d'une voiture. Elle railla gentiment la dualité du personnage perdu dans ses tutoiements à la ville, ses vouvoiements au volant et ses histoires de *shorts* abîmés. Hervé jaugeait la voyante, réticent à se laisser aller auprès d'une extralucide.

Léa s'engagea dans un monologue sur les hasards de la vie, au cours duquel Orényce eut un moment d'inattention. Les yeux dirigés vers l'extérieur de la brasserie, elle semblait mesurer la densité de la circulation. Ses lèvres remuaient comme si elle comptait les véhicules. Hervé s'en aperçut, se retourna et ne vit dans la rue qu'un jeune garçon qui fouillait ses poches avant de descendre dans le métro. Il consulta sa montre.

— Oh la, Léa ! s'alarma-t-il. Il va falloir qu'on y aille ! Il est onze heures trente-cinq et il faut dix minutes pour aller à la voiture. J'ai mis du fric dans la machine pour jusqu'à midi moins dix.

La voyante convertit mentalement : « Onze heures cinquante ». Message confirmé.

— Toi, tu es un sacré bonhomme ! tonitrua Léa. M'appeler par mon prénom ne te gêne pas tant que ça, finalement, même déguisé en chauffeur ! Pour le reste, j'ai remarqué, depuis tout à l'heure, que tu te débrouilles pour faire des phrases où il n'y a besoin ni de « tu », ni de « vous » ! Tu me fais rire, Hervé...

Hervé inclina la tête. Il rougissait. Orényce sortit de son sac à main un porte-monnaie et un jeu de tarots spécial.

— La deuxième tournée est pour moi, j'y tiens ! annonça-t-elle. Et pour te prouver que je ne me force pas, je t'accorde une autre mini-séance gratuite. Tire une carte !

— Je ne suis pas sûre de le vouloir vraiment...

— Mais si, allez ! Tu n'y crois pas, de toute manière ! Une petite carte, pour me faire plaisir !

Léa céda et désigna la carte la plus à gauche dans l'éventail. Orényce tira elle-même une seconde carte, disposant ensuite minutieusement les deux figures sur la table.

— Un souci financier inattendu à court terme, proclama-t-elle, mais rien de grave. Un problème mineur, ça ne devrait pas t'empêcher de dormir, rassure-toi !

La voyante observa plus attentivement les cartes étalées.

— C'est troublant, reprit-elle. Je sens comme une contradiction entre les deux cartes, comme si elles s'annulaient : pas de perte d'argent ! Je... je ne dois pas être suffisamment concentrée, je me trompe sûrement. Laisse tomber cette prédiction, elle ne me semble pas fiable. Au fait, tu fais quoi dans ta vie d'artiste, toi que je devrais reconnaître et qui as un chauffeur ?

— Je suis... chanteuse et animatrice à la télé.

— Alors c'est normal ! Si tu viens chez moi, tu verras : je n'ai ni télé, ni radio. Ces choses-là n'élèvent pas l'esprit...

— On y va ? insista Hervé.

Léa le suivit tandis qu'Orényce descendit téléphoner.

—

— J'en étais sûr ! râla Hervé en montrant le pare-brise de la berline. Les cartes nous ont retardés et voilà : la prune fatale !
— Tant pis ! fit Léa. Ça va pas nous empêcher de dorm...

Elle se tut. Elle avait entendu cette expression il y a très peu de temps. C'étaient les termes exacts employés par Orényce pour qualifier le fameux « souci financier inattendu ». Etrange coïncidence ! Hervé examina le document :

— « Heure du procès-verbal : neuf heures trente-quatre » ? Mais je n'étais même pas garé à cette heure-là !
— Fais voir... Qu'est-ce que c'est que cette histoire ? Ce n'est pas notre immatriculation qui est écrite ! Et ce n'est même pas la bonne rue, regarde !
— Ah oui, carrément ! La police aurait interverti les souches ? suggéra Hervé.
— Ça arrive, ça ?
— Ou bien un petit malin l'aura déplacé par pure malfaisance !
— Ça me paraît plus probable !

Repérant un agent à proximité, la jeune femme lui confia l'amende, puis entra dans la berline à côté d'Hervé. Elle anticipa sa remarque.

— Oui : je m'assieds devant et pas sur le siège arrière ! Une objection ?
— Je ne dis plus rien, se résigna-t-il, les mains en l'air.
— Ne dis plus rien, mais tiens bien le volant quand même, « Rémi Julienne » ! Même si on est dans la première phase qui mène à l'irrespect total et aux grosses tapes sur l'épaule, ça ne nous autorise pas une cascade dans les rues de Paris.

— La deuxième phase ! corrigea Hervé, facétieux. La première, c'est de me faire dire « Léa ». La deuxième, c'est de s'asseoir devant ! Ensuite, ce sera le tutoiement et à la fin, plus de costume ! Bientôt, on part en moto, cheveux au vent, tout de cuir vêtus pour pique-niquer aux chandelles sur la plage de Deauville !

— Toujours pas de « tu » dans tes phrases, sacré Hervé ! Et puis, on dirait que tu attrapes de plus en plus l'humour d'Eddie. C'est typiquement son genre de délire, ça : « ...cheveux au vent, tout de cuir vêtus... » !

— Le tien aussi, Léa... fit Hervé en souriant. Vous êtes pareils, toi et lui !

— Nous voici en phase trois ! Chouette !

— A quoi bon lutter ? J'ai perdu d'avance ! Il va falloir que je repasse mes bermudas...

Jeudi 13 Juillet 2000

Eddie ouvrit les yeux bien avant l'heure programmée sur le radioréveil. Il avait mal dormi, sans cesse dérangé par l'inhabituelle agitation de sa compagne. Elle s'était tournée et retournée, tendue. Dans son sommeil, elle avait prononcé des syllabes incompréhensibles. Elle avait tapé sur le matelas et remué ses jambes comme si elle courait. Eddie s'assit en tailleur sur le lit et la contempla, enfin inerte. Il n'avait jamais vu Léa dans cet état. Il espérait que ce n'était pas parce qu'il était rentré tard la veille, alors qu'elle dormait déjà. Il en était coutumier et il n'y avait aucune raison pour qu'elle l'eût mal pris. Peut-être qu'elle ne supportait plus ses virées nocturnes... La plupart du temps, c'était pour son avenir à elle, et s'il restait volontairement évasif sur ses rencontres professionnelles, c'était pour ne lui annoncer de bonnes nouvelles qu'une fois certaines. Mais... elle finissait peut-être par avoir des doutes sur sa fidélité ! Ce serait un comble : « La Belle et la Bête », voilà comment il caricaturait leur couple au fond de lui. Les doutes auraient dû être son lot, à lui et à lui seul ! Pourtant, il avait une confiance absolue. Mais la confiance n'empêche pas la peur... la peur que leur histoire ne s'arrête un jour. Léa était une femme convoitée, courtisée. C'est avec fierté qu'il prenait son bras au restaurant ou lors de réceptions mondaines.

—

Le rêve du petit Samuel Mekri était devenu réalité. Trop vite ? Tu verras, maman, plus tard, les gens m'envieront. Plus tard, j'aurai une femme belle et intelligente à mon bras et dans ma vie. Avec son accent pied-noir prononcé, Rachel Mekri l'avait mis en garde : « tu veux rentrer dans le *Show Business*, mon fils ? C'est un drôle de milieu ! J'ai l'impression qu'on y aime sans amour... ou pas longtemps ! Qu'on s'embrasse pour les photos... Toi, tu les prends, les photos ! Ne va pas t'embarquer là-dedans, Sammy ! Approfondis ta technique de photographe et, si tu tiens vraiment à connaître ces gens-là, deviens leur faire-valoir sans entrer dans leur jeu. C'est mon conseil, mon fils ! ».

Il aurait voulu le suivre à la lettre, le conseil de maman. Il n'avait simplement pas prévu, personne n'aurait pu le prévoir, son coup de foudre pour Léa, à Londres. Lorsqu'il avait abandonné la photographie, sa mère ne l'en avait pas empêché. Les conseils d'une mère sont des jalons éparpillés pour conduire l'enfant au bonheur. S'il y arrive en suivant une autre route, c'est aussi bien. Elle le sentait heureux, son Sammy, madame Mekri. « Je suis fière de toi, mon fils ! Reste heureux et continue de rendre heureuse Bérangère ». Ce furent ses dernières paroles. Elle s'était toujours refusé à nommer Léa par son pseudonyme. « Tu n'aimes pas Léa Bérenger, mon fils ! Ou alors c'est que tu aimes une image ! Celle qui te fait vibrer, c'est la femme, pas l'artiste. Et la femme, elle s'appelle Bérangère. Elle est bien, ta petite Bérangère. Elle a la tête sur les épaules et les chevilles ancrées au sol. Garde-la, mon fils, garde-la... ».

Ces mots, Eddie les entendait encore, en écho persistant. Moi, je voudrais bien la garder ! se disait-il. Mais elle ? Elle est intelligente et belle, si belle que le temps n'a pas prise sur elle. Elle conserve la fraîcheur de ses vingt-deux ans, quand je l'ai rencontrée. Pas une demi-ride, pas un gramme de trop. Un corps parfait, une pêche pas possible ! Un sourire et des yeux d'adolescente. Moi, je la fais rire, je lui donne confiance en elle. Je lui renvoie l'amour qu'elle a dans le cœur, je la respecte. Mais je vieillis ! J'ai les tempes qui grisonnent et je ne suis pas un Apollon, ni grand, ni *bodybuildé*. On va me la piquer un jour, maman ! Si tu étais encore là, tu me rassurerais. C'est absurde, mais j'ai tellement peur qu'elle me quitte que j'en arrive à me demander si elle ne doute pas de ma propre fidélité ! Tu dirais que c'est normal, hein maman ? Que les craintes qu'on se fabrique tout seul, on ne les assume pas. Que pour mieux les assumer, on les reporte sur l'autre. Et enfin qu'elles se justifient rarement. Je prendrais ta main fatiguée et je t'embrasserais sur le front en te disant que je t'aime... Est-ce que je te l'ai assez dit de ton vivant ? J'espère que oui...

Le radioréveil propulsa un flash info en fond sonore. Avec une syllabe de retard.

« ...ce Infos, le journal de sept heures, bonjour ! Grève inopinée sur le réseau ferroviaire d'Île-de-France. Les syndicats... ».

Léa sursauta. Elle tendit le bras pour stopper le flot de paroles de l'appareil, sans même sortir de sa somnolence, sans même tenir compte de la présence d'Eddie auprès d'elle. Il remonta le drap de soie sur ses épaules nues, le dos de la main glissant doucement vers sa nuque.

— Léa, mon ange ! susurra-t-il. C'est l'heure...

Elle marmonna un « oui... » qui s'apparentait plutôt à un « mmmm... ». Eddie décida de lui accorder quelques minutes de repos supplémentaires. Ils avaient rendez-vous à neuf heures à la

Maison de la Radio pour une émission censée comparer la musicalité de paroles anglo-saxonnes et celle de textes français. Comme *Brain and legs* et *Réfléchie* s'appuyaient sur la même orchestration, Eddie en tant qu'auteur et Léa interprète devaient débattre, aux côtés d'autres vedettes du paysage musical national.

Eddie enfila son peignoir et se dirigea vers la cuisine. Un bon café bien serré, voilà qui devrait la remettre d'aplomb ! Après avoir actionné la cafetière, il se mit en tête d'aller acheter des croissants chauds à la boulangerie d'en bas. Il s'approcha du portemanteau ; ses clefs ne se trouvaient pas dans la poche intérieure gauche de sa veste, comme c'est le cas habituellement. Il se parla tout haut.

— Je les ai encore jetées n'importe où en rentrant ! Et bien sûr, je ne me rappelle pas où !

Il fit pivoter le portemanteau afin de récupérer celles de Léa. Dans la poche intérieure du tailleur, ses doigts se refermèrent sur les clefs de l'appartement et… sur un rectangle de bristol. Il retira du vêtement la carte de visite : « Orényce. Voyante. 17, rue du Sergent Duis, Paris 12ème. Astrologie, numérologie, cartomancie ». Bizarre, se dit-il, sachant pertinemment que Léa ne croyait guère en la fiabilité de ces pratiques. Il remit la carte dans le tailleur puis descendit acheter les viennoiseries.

—

Une heure plus tard, dans la voiture, Hervé présentait une petite mine, les cheveux ébouriffés et des cernes sous les yeux. Eddie le taquina.

— Alors, Hervé, on fait la java en milieu de semaine ?

— Non, monsieur ! répondit le chauffeur avec gravité. J'ai dû veiller…

Eddie l'interrompit, en maudissant sa propre maladresse.

— Pardon...

— Il... ne va pas mieux ? s'enquit Léa sur un ton plus approprié, la voix basse.

Le visage d'Hervé se rembrunit. Léa prit la main d'Eddie. Tous deux savaient qu'Hervé, malgré la jovialité qu'il affichait le plus souvent, passait nombre de soirées au chevet d'Arnaud, cet ex avec qui il conservait une tendre complicité. Le chauffeur avait appris tardivement la séropositivité de son ami, gardée secrète jusqu'au jour où ce dernier avait été contraint d'annoncer qu'il entamait un « traitement lourd ». Arnaud avait courageusement déclaré qu'il n'en avait plus pour longtemps à vivre mais qu'il se battrait. Et il luttait, feignant l'optimisme, répétant qu'il attendait la fin sans angoisse. Hervé le voyait dépérir douloureusement et utilisait le plus clair de son temps libre à lui tenir compagnie. Arnaud, incapable de déterminer quand et par qui il avait été contaminé, avait sincèrement été soulagé par les tests négatifs d'Hervé. « Vis, fais gaffe, protège-toi, lui avait-il dit. Ce n'est pas une fatalité. L'amour n'oblige pas à l'inconscience ! Et pense à moi très fort le jour où ces saloperies de MST auront chacune un vaccin. Ce jour-là, ce sera la victoire de l'amour ».

—

— Elle sort d'où, la dénommée Orényce ? demanda Eddie de but en blanc.

— Allô, la terre ? s'ébroua Léa.

— Sa carte de visite était dans la poche de ton tailleur quand j'ai pris tes clefs !

— Ah, d'accord ! Je l'ai rencontrée aux « Chevaliers », hier matin.

— Et ?

— Et... et quoi ? Qu'est-ce que tu veux que je te dise ?

— J'sais pas moi... Qu'elle est voyante, par exemple...

Léa croisa le regard de son chauffeur dans le rétroviseur intérieur. Celui-ci l'incitait à raconter plus en détail sa rencontre. Elle obtempéra à l'injonction silencieuse.

— Elle m'a fait une, euh... numéro-astrologie, on va dire ! Et gratuitement ! Elle en a déduit ce qui était censé être mon passé. Une description vague qui aurait convenu à absolument tout le monde. Du genre : « vous avez changé lorsque vous êtes devenue adulte ! ». Très puissant, le raisonnement !

Hervé, qui n'avait pas assisté à cette partie de l'entretien la veille, scrutait toujours la jeune femme sur la surface réfléchissante. Elle minimisait la justesse de cette première prédiction, à l'évidence. Eddie n'eut pas ce sentiment.

— J'espère bien que tu as mûri, ma grande ! Ça m'aurait fait mal de rencontrer un canon de vingt-deux piges avec un cerveau de gamine ! Et on n'en serait pas là, c'est sûr ! C'est tout ?

— Elle m'a fait tirer une carte de son tarot. Elle m'a annoncé une perte d'argent et puis elle s'est embrouillée dans des histoires d'annulation, comme quoi la deuxième carte s'opposerait à la première et que je ne perdrais pas un centime.

— Si je me souviens bien, cette histoire de PV que tu m'as racontée hier, qui correspondait pas à la voiture... Eh bien, elle était pas mal, du coup, la prédiction ! Puisque t'as cru avoir une amende pendant vingt secondes...

— Une coïncidence, fit Léa, pensive.

Hervé, crispé, chercha en vain les yeux bruns de son patron sur le miroir. Si d'aventure Léa n'avait pas encore fait le rapprochement, Eddie venait de le faire pour elle. Hervé aurait aimé l'entendre désapprouver cette fréquentation. Le chauffeur connaissait quelques « accros » à la voyance et aucun ne tirait le moindre bénéfice de cette dépendance. Au contraire : beaucoup d'argent jeté par les fenêtres et un comportement étudié pour coller aux pronostics positifs et éviter soigneusement les négatifs. Ces gens-là ne vivaient plus spontanément et se ruinaient. Hervé aurait voulu qu'Eddie dissuade Léa de revoir la voyante.

—

L'émission de radio dura une heure trente. Trop peu de temps pour traiter correctement un aussi vaste débat, pensait Eddie. Dès qu'ils furent dehors, l'auteur enfila sa casquette d'agent.

— Je prends le métro, maintenant : j'ai un rendez-vous « cinéma », annonça-t-il avec satisfaction à Léa. T'as quoi à faire, là ?

— Moi ? Potasser les journaux régionaux et passer un bon millier de coups de fil pour le *PCDM* du mois prochain.

— Je croyais qu'on était d'accord pour que tu délègues ce genre de tâche à un gars de l'équipe, non ?

— J'ai changé d'avis ! affirma la jeune femme.

— Puis-je savoir pourquoi, *miss* « girouette » ?

— *Miss* « girouette » est extrêmement fière d'apporter sa pierre au super concept de *mister* « courant d'air » ! Et elle serait encore plus fière si le *mister* en question pouvait continuer dans cette voie grâce à elle, voilà !

— Tu vas t'épuiser !

— C'est la meilleure ! Qu'est-ce que je devrais te dire, moi ?

— Moi, je suis un homme ! lâcha Eddie un peu hâtivement.

Léa martela les mots qui suivirent, hérissée.

— Mais dis donc, c'est quoi ce machisme à la noix ?

Eddie, pris en faute pour excès de vitesse dans son argumentation, tenta de se dédouaner.

— Excuse-moi, Léa. J'ai répondu trop vite. Mais bon, je voulais dire... enfin, tu sais quoi : la résistance physique, tout ça...

— Et tu continues ! Pincez-moi, je rêve ! Tiens, vous, là...

Elle se précipita vers un homme d'âge mûr qui promenait un caniche nain, et attrapa sa manche. Eddie intervint.

— Léa, tu laisses le monsieur, s'il te plaît ? Excusez-la monsieur... Léa ! Allez, ne fais pas l'enfant, merde !

Le bonhomme était ravi.

— Vous... vous êtes Léa Bérenger ? Quand je vais raconter ça à ma fille !

— Oui monsieur ! Et figurez-vous que mon agent – l'affreux à côté, là ! – n'est qu'un...

Eddie la ramena autoritairement vers lui.

— Arrête, Léa ! Tu as gagné. Je te prie d'accepter mes plus plates excuses. Maintenant, j'y vais sinon je vais être à la bourre.

Il déposa un baiser sur les phalanges de Léa et courut vers la station de métro la plus proche. Elle le regarda s'éloigner puis détourna la tête vers les portes de la Maison de la Radio. Le type au caniche avait disparu. Elle rentra dans le hall pour éviter les clameurs de la rue et sortit son téléphone portable.

—

— Tu peux me laisser quelque part dans le douzième ? demanda Léa à Hervé en refermant sur elle la portière du véhicule.

— Bien ma... Léa !

— Tu vas y arriver...

Hervé passa outre.

— Où précisément, dans le douzième ?

— Je te dirai ! On... m'a parlé de médiathèques assez fournies, j'y vais pour l'émission. Tu pourras rentrer, après ! Je prendrai le métro au retour.

— Si je puis me permettre, Léa, v... tu vas encore y être importunée ! Les gens te reconnaissent !

— Je sais bien, Hervé ! Mais j'ai un béret et des lunettes noires dans mon sac. Et je suis en pantalon. *No problémo* !

— Euh... Celui-là est, comment dire ?... luxueux, comme pantalon. Et ne parlons pas du béret et des lunettes ! Ça fait une de ces gravures de mode ! Sûr que tu vas passer *incognito* dans le métro ! En plus, avec cette grève, les gens qui prennent habituellement le train ou les lignes SNCF du RER vont s'entasser avec les autres. Et ça va être un joyeux foutoir ! Tu ne veux pas que je t'attende quelque part ?

— Si ça peut te tranquilliser ! On se donne rendez-vous à seize heures, disons à l'entrée principale de l'hôpital Trousseau, ça te va ?

— Bien Léa ! fit-il satisfait.

Elle se rongea un ongle en souriant.

— Dis donc, remarqua-t-elle, ta veste est, comment dire ?... luxueuse, non ? A quand le polo décontract' ?

— Si on grille une étape par jour, ça va plus être drôle ! Et puis au fait, pourquoi est-ce que tu me demandes de changer tout, maintenant ?

Léa fit « marcher » ses doigts sur le tableau de bord.

— Parce que je mûris, mon bon ! Et que cette vie m'éloigne des gens dits normaux, du commun des mortels justement. J'adore mon métier, mais je vous envie parfois !

— Grand merci de la part du commun des mortels, Léa... Hé ! Tu ne crois pas que ça ressemble au discours de base de la pauvre petite fille qui a réussi, ça ?

— Tu t'es déjà mis à ma place, Hervé ?

— Non, qui conduirait ?

— Très drôle ! Non, mais vraiment ?

— Quel est le problème ?

— Tu le disais tout à l'heure, tiens : le métro ! Je ne peux plus prendre le métro !

— Ça te manque tant que ça, la crasse, les odeurs, les gens serrés comme des sardines, l'attente interminable ?

— C'était un exemple, voyons ! Tiens, un autre exemple : j'ai un mec qui est devenu un courant d'air à force de vouloir décrocher la lune pour mes beaux yeux, c'est une vie, ça ?
— C'est celle que tu as voulue !
— Si j'avais su !
Hervé grogna. Léa corrigea sans conviction.
— OK, OK ! Je n'ai pas à me plaindre.
Un silence se fit entendre. Hervé se montra conciliant.
— Je te comprends, Léa.
— Merci…

Elle imprima une marque de rouge à lèvres « longue tenue » sur la joue droite du chauffeur. Celui-ci, en retour, prit la main de sa passagère puis la lâcha en s'écriant :
— Les deux mains sur le volant, pas de cascade dans Paris aujourd'hui ! Direction le douzième !

—

Orényce referma la porte d'entrée de son appartement.
— J'ai beau avoir des dons visionnaires, je n'aurais pas pu dire si tu allais chercher à me revoir !
— Je te l'ai dit quand j'ai appelé, tout à l'heure : c'est surtout pour moi une expérience à tenter dans des conditions réelles, pas sur un coin de table comme la dernière fois.
— Si j'ai bien compris, je dois me féliciter de t'avoir fait tirer cette carte lorsque tu partais. Honnêtement, je croyais m'être plantée dans mon interprétation !
— Eh bien non ! Tu sais, je n'ai pas réagi directement à la vue de ce PV « volant » ; mon cerveau cartésien devait refuser de faire le lien et c'est finalement à cause de – ou grâce à – mon mec que je me retrouve ici.
— Tu ne vas pas le regretter, crois-moi ! fit la voyante avec un rictus que Léa ne discerna pas. Tu veux boire quelque chose ?

— Tu me proposes quoi ?
— Chaud ou frais ?
— Va pour frais !
— Alcoolisé ou non ?
— Si je dis alcoolisé, tu vas me donner le choix entre 12° et 40°, dans la série « cochez les cases… » ? Non, pas d'alcool en journée, merci. Si tu as du jus d'orange, ce sera nickel !
— J'ai du jus d'orange ! Je reviens.

Orényce disparut derrière une porte de verre opaque que Léa supposa être celle de la cuisine. A son retour, la chanteuse avait eu le temps de jeter un coup d'œil circulaire sur l'agencement du salon. Hormis une table basse, deux tabourets et un pouf, le seul véritable meuble était une commode vitrée dans laquelle on pouvait dénombrer une bonne vingtaine de grosses bougies rouges, chacune posée sur une coupelle bleue. L'éclairage de la pièce, inutile à cette heure-ci de la journée, ne pouvait être assuré le soir tombé que par ces bougies, puisque aucun autre dispositif n'existait à cet effet.

— Dépouillé, ton mobilier ! déclara Léa en s'asseyant sur le pouf solitaire. Comme tu me l'avais dit, il n'y a ni télé ni chaîne hi-fi. Mais il n'y a aucune bibliothèque non plus, aucun livre ! Qu'est-ce que tu fais de ton temps libre ?
— Je médite.
— Quel genre ?
— Genre assise en tailleur, les mains sur les genoux, le dos le plus vertical possible et les yeux fermés.

Léa imagina son interlocutrice dans la position décrite, au centre d'un cercle de bougies rouges posées sur des coupelles bleues dans ce salon désertique. Un frisson la parcourut. Elle voulut effacer cette vision de sa mémoire immédiate.

— Tu… tu n'as pas de petit ami ? demanda-t-elle à la voyante.

— Directe, la question ! Non, pas en ce moment ! Et personne en vue si c'est ta prochaine question !
— Je n'aurais pas osé !
— Moi si ! Et toi, ton mec ?
— Eddie ? Qu'est-ce que tu veux savoir ?
Orényce balaya le sujet d'un geste de la main.
— Je suis stupide, oublie ! Je ne dois rien savoir avant la séance !
— C'est combien, au fait ?
— Pour toi aujourd'hui, deux cents francs !
— Et pour les autres ?
— Pareil que pour toi dès la séance suivante ! fit Orényce avec un clin d'œil. C'est pas parce qu'on ne fait pas un boulot normal qu'on doit négliger l'aspect commercial !
— Donc ?
— Donc quoi ?
— Ben, t'as fait une super belle phrase, très « *business woman* », mais tu n'as pas répondu ! nota Léa.
— Exact ! C'est trois cents francs dès la deuxième séance, pour tout le monde ! Et en espèces, j'y tiens ! On démarre ?
La voyante se dirigea vers la commode, ouvrit un minuscule tiroir et en sortit le jeu de tarots spécial qu'elle avait utilisé aux « Chevaliers ».
— Allons-y ! acquiesça Léa en se rapprochant de la table basse.
Orényce s'installa sur un tabouret, face à Léa. Elle plaça la tranche de sa main droite dans le prolongement de son nez, puis se mit à dévisager sa nouvelle cliente.
— Tu permets ? Je m'imprègne d'abord de tes caractéristiques physiques principales... C'est une de mes petites astuces rien qu'à moi !
— Ça apporte quoi par rapport aux cartes ?

— Rien que je puisse t'expliquer ! Tu es venue ici pour apprendre mon métier ou pour une consultation ?
— Je n'ai rien dit...
— Bien.
Orényce lista avec une voix monotone ces détails que les magazines de mode avaient évoqués des centaines de fois depuis le début de la carrière de Léa. Ses cheveux noirs mi-longs caressant les épaules. Le vert intense de ses yeux qui éclairait son visage. La découpe franche de ses lèvres. Sa poitrine arrondie, naturellement et harmonieusement proportionnée à l'ensemble. De longues jambes terminées par de petits pieds. Le dos de ses mains posées sur ses genoux laissait apparaître quelques veines. Elle se sentait gênée devant le regard pénétrant de la voyante. Elle en avait vu, des regards posés sur elle : d'amour, de désir, de jalousie... Aucun n'avait provoqué l'espèce de malaise qui l'envahissait maintenant, ou alors peut-être, autrefois... L'esprit ailleurs, elle entendit le bruit des ongles d'Orényce sur le jeu de cartes étalé.
— Pointe trois cartes ! ordonna celle-ci. Laisse dix secondes entre chaque.
Léa frotta ses paumes moites. Chaque fois qu'elle indiqua une carte, Orényce la retira de l'éventail et la recouvrit d'une autre qu'elle choisit elle-même. La voyante disposa ensuite les six figures en triangle, chaque sommet étant constitué de paires. Léa s'attarda sur certains dessins et leur légende. Une roue, un pendu, une espèce de tour en ruines, marquée « La Maison Dieu ». Elle ne distingua pas clairement ceux de dessous. Orényce considéra l'une après l'autre chacune des paires. Lorsqu'elle eut terminé son tour d'horizon, elle entoura deux cartes de ses mains.
— Un voyage ! Avec un homme...

Léa sentit son rythme cardiaque décélérer. Après tout, il était facile de broder autour de l'avenir d'une chanteuse animatrice de télé ! Ce qui allait suivre ne serait qu'une succession de banalités. Un voyage ! Evidemment qu'une artiste parcourt des kilomètres ! Et même si elle n'avait pas dit qu'Eddie était son *manager*, il était logique de présumer qu'elle ne se déplaçait pas sans une équipe composée d'au moins un collaborateur proche. Il n'y avait pas de raison de se laisser gagner par le stress.

— ... Brun, continua Orényce, pas très grand et plein de vie.

Tout cela était juste et déjà moins évident. Quoique... La voyante avait pu, depuis leur rencontre, éplucher la presse *people* pour préparer l'entrevue ! Elle serait tombée sur l'une des innombrables photos où l'on pouvait voir Eddie se pavaner au bras de sa vedette. Léa osa une question à brûle-pourpoint, histoire de voir si cette thèse se tenait.

— Il est amoureux de moi ?

Elle supposait que la réponse serait rapide et affirmative. Rapide, elle le fut. Mais ce fut une non-réponse.

— Je ne sais pas ! fit Orényce, agacée. Je n'en suis pas là. Ton tirage fait que je me concentre sur le futur professionnel... Pas besoin de questions avec moi en consultation directe !

Ses yeux s'ancrèrent au fond de ceux de Léa. De ce bleu turquoise rayonnaient à la fois une énorme puissance d'apaisement et des lueurs inquiétantes. Le maquillage sombre sur ses cils et ses paupières renforçait cette aura trouble. Et bien qu'elle en eût le loisir, Léa ne put se détacher de ces iris couleur lagon.

— Ah bon ! murmura-t-elle, décontenancée. Excuse-moi !

— C'est rien ! évacua la voyante. C'est un homme en qui tu peux avoir toute confiance. Il s'occuperait de ta carrière sans aide extérieure. Même la tienne...

— Mon aide ? Qu'est-ce que tu veux dire ?

— C'est ce que je lis, c'est tout ! Voyons les autres cartes...

Une heure plus tard, Léa se pencha sur le jus d'orange qu'elle n'avait même pas entamé. Elle se contenta d'humecter ses lèvres sur le bord du verre. Orényce alluma une cigarette après avoir ouvert la fenêtre.

— Tu veux qu'on aille se changer les idées quelque part ? proposa-t-elle.

— Non, on m'attend...

— Tu sais, il m'arrive de me tromper ! Et d'ailleurs aussi bien sur le positif que sur le négatif !

Elle aspira une bouffée de nicotine, puis plissa les paupières en ajoutant dans un nuage de fumée :

— Rarement, mais ça m'arrive !

Léa resta silencieuse pendant que la voyante rangeait son jeu de cartes dans le petit tiroir. Revenue à la vitre, Orényce observait les passants sur le trottoir lorsque Léa prit sur elle pour sortir de sa torpeur. Elle se leva de son pouf puis plia l'un après l'autre ses genoux engourdis.

— Rendez-vous avec Eddie ? demanda Orényce.

— Non, Hervé...

— Celui d'hier, le chauffeur beau gosse ?

— Il n'est pas mal, oui. Mais...

— Mais... ?

— A toi de jouer, tiens ! Qu'est-ce qu'il t'inspire à toi, la spécialiste de l'apparence physique ?

— Je gagne un point si j'ai deviné qu'il est pédé ?

— Homosexuel, s'il te plaît ! Mais c'est vrai... reconnut Léa. Pas flagrant : il n'a ni gestuelle ni façon de parler particulières qui le trahissent. Tu as vu ça comment ?

— Un peu à cause de ton « Oui, mais... », mais surtout dans vos regards ! Importants, les regards ! Celui que ce type, mignon, pose sur sa patronne, qui est très belle et vice-versa, ne dégage aucune envie, aucun jeu de séduction, de part et d'autre d'ailleurs ! Facile !

— Bien vu… Bon, j'y vais.

Léa déposa négligemment un billet de deux cents francs sur la table basse. Elle était plus détendue qu'à la fin de la séance. Certes, elle repenserait plus tard aux prédictions d'Orényce. Mais pour l'instant, elle ne les avait presque plus en tête. La voyante, sans *forcément* le faire à dessein, se chargea de les y enraciner. La chanteuse descendait l'escalier.

— Le bonjour à Hervé, de ma part ! fit Orényce, du palier. Et essaie de ne pas te faire trop de mauvais sang pour ce que je t'ai dit. A bientôt !

Le salut de Léa, de nouveau préoccupée, se limita à un signe de la main.

—

Hervé fit trois fois le tour de l'hôpital Trousseau avant de rejoindre Léa à l'endroit convenu. Il longea le trottoir puis immobilisa la berline devant la jeune femme. Celle-ci ne semblait pas dans son assiette. Le chauffeur sortit du véhicule, en fit le tour et ouvrit la portière. A l'intérieur, Léa demeura muette et Hervé respecta son silence. Au bout d'un quart d'heure, elle se résolut à parler.

— Je suis allée voir Orényce.

— La voyante ? Tu es fo... euh... excuse-moi, mais ça ne te ressemble guère ! Alors ?

— Alors j'espère que ce n'est qu'un tissu de conneries !

— C'est grave ?

— Un truc, un seul ! Mais assez, oui.

— Si tu ne veux pas me le di...

— Ça concerne ma mère ! coupa Léa.

— N'accorde pas de crédit à ce que racontent ces gens, Léa. Ça va te miner, ça ne sert qu'à ça... et à remplir leurs poches !

Léa enchaîna, sans en tenir compte.

— Elle dit que maman va bientôt avoir des problèmes professionnels !

— Léa ! Léa ! Elle ne va rien avoir du tout, ta mère ! C'est du pipeau ! Classique : on leur a tellement reproché le fait qu'elles se bornaient à vendre de beaux rêves que, systématiquement, elles signalent un événement négatif, histoire de contrebalancer ! Je ne voulais pas t'en parler parce que je pensais que ce serait inutile, mais écoute : j'ai un ami qui n'arrive pas à ôter de ses pensées la mort soi-disant prochaine et accidentelle de son frère. Une voyante la lui a annoncée il y a six mois sans préciser la date. Toutes les semaines, il va la revoir en n'attendant qu'une chose : qu'elle en dise plus ! Le malheureux espère qu'en en connaissant les circonstances, il pourra éviter le drame. Depuis, il ne s'est rien passé, heureusement ! Mais lui, il a beaucoup perdu et il perd encore. L'argent, c'est pas le pire... Le pire, c'est la joie de vivre !

Le ton était grave. Léa expira longuement.

— Je suis consciente de ça, Hervé. Mais c'est fou ! Je n'y ai jamais cru, je n'y crois toujours pas... normalement ! Mais elle te raconte tellement de choses qui collent à ton passé ou à ton présent que tu ne peux pas t'empêcher de te demander pour le reste... Et cette atmosphère ! Brrrr !

— Elle t'a joué le grand jeu, style boule de cristal, pénombre et châle sur les épaules ?

— Même pas ! Nous étions en plein jour, dans une pièce presque vide... Elle, en tenue de ville, me parlait en faisant glisser des cartes sur une table basse. C'est tout dans sa façon de parler ! Et dans son regard aussi ; tu as vu ses yeux, ce bleu étrange...

— Lentilles ! affirma Hervé. Cette couleur n'est pas naturelle.

— Si tu veux... Mais dans ses yeux, lorsqu'elle te raconte ton avenir avec ce timbre sans émotion, tu visualises quand même les scènes qu'elle te décrit !

— Tu es encore sous le choc ! Ça va passer. Un conseil, en tout cas, si tu veux bien m'écouter : n'y retourne plus !

Trente secondes de silence suivirent.

— Elle m'a dit du bien d'Eddie, au niveau boulot ! ajouta Léa avec un sourire forcé.

— N'y pense plus, je te dis !

— C'était comme si elle le connaissait depuis des années !

— Mais Léa ! La presse raconte votre histoire en long et en large tous les mois ! Et votre histoire, c'est la belle Bérangère Déhal qui rencontre l'explosif Samuel Mekri. Toute la France connaît ça par cœur, Léa !

— OK, d'accord, d'accord... En plus, je vois maman ce soir, avec Eddie ; je verrai comment ça va au magasin. Maintenant, tu as raison : on efface...

Contradiction et preuve d'un émoi réel, elle poursuivit sur sa lancée.

— T'es pas dans les journaux, toi, Hervé !

— Et alors ?

— Et alors, Orényce, elle a deviné ton homosexualité ! Avoue que ça se voit peu et que c'est pas écrit sur ton front !

Hervé soupira.

— Sur mon front, non ! Mais souviens-toi : j'ai enlevé ma veste dans la brasserie, hier. Et qu'est-ce qu'il y avait sur ma chemise ?

— Je ne vois pas !

— Un *pin's* aux couleurs de l'arc-en-ciel !

— Tu m'en diras tant ! Et donc ?

— Léa ! Ce sont les couleurs de la « communauté *gay* » !

— Eh bien, je ne savais pas ! Tu vois que je suis coupée du monde, on en revient à ce que je disais tout à l'heure !

— En fait, je crois surtout que tu attaches plus d'importance à l'intérieur des gens qu'à leur apparence. Note que c'est tout à ton honneur, mais il faut ouvrir les yeux un minimum tout de même !

— C'est nouveau, ça : la femme qui vit les yeux fermés ! Je vais m'auto-inviter à *PCDM*, tiens !

— C'est ça : tu t'interviewes, après tu présentes le journal du soir, la météo, tu squattes l'antenne et tu finis par gaver tout le monde ! Le pied !

— Alors là, pour un type qui refusait de me tutoyer hier encore, je trouve que tu t'accordes quelques libertés de ton, ironisa Léa.

— J'anticipe sur les tapes à l'épaule.

Leur véhicule se retrouva au pas dans un embouteillage le long des quais de Seine. Hervé inséra un CD dans le lecteur. Une mélopée techno s'échappa des vitres entrouvertes.

— Je t'embête avec mes histoires, c'est ça ? demanda Léa à voix basse.

— Pardon ? fit Hervé en diminuant le son.

— D'habitude, on discute dans la voiture !

— Excuse-moi... Je mets machinalement de la musique quand ça n'avance pas ! C'est la pagaille avec cette grève !

— Sois franc, Hervé, dis-moi : je suis chiante avec mes problèmes ?

— Y'a pire comme chiantes et... comme problèmes !

La mine assombrie, il coupa la musique.

— Je m'attarde sur des trucs dérisoires... s'excusa-t-elle à son tour, confuse.

Jusqu'au domicile de Léa et Eddie, près de La Madeleine, le silence régna dans l'automobile.

—

Viviane Déhal défia le miroir de sa salle de bains. Décelant çà et là de nouvelles ridules, ou du moins qu'elle découvrait, elle affecta un air désappointé. Ces soins du visage hors de prix ne seraient-ils plus aussi efficaces que par le passé ? N'y avait-il rien d'autre à faire que laisser se creuser sur sa peau les fissures du temps ? Fichus crèmes et fards tartinés sur les joues depuis, mes aïeux !... déjà près de quarante ans ! Dès l'adolescence, on nous apprend à masquer, à gommer, à dissimuler. Et à vingt-cinq ans, on se trouve des mines affreuses au réveil parce qu'on s'est habituées à se voir maquillées. Fort heureusement, l'expérience nous aide alors à associer modération et efficacité. A trente-cinq ans, on a fière allure parce que l'on sait, parce que maman le disait, que c'est notre plus bel âge de femme. Quelques minutes après seulement, la quarantaine s'abat comme un coup de massue. C'est fou ce que les années passent vite quand on a stupidement décrété qu'on était en train de vivre la plénitude ! On ne devrait pas accorder autant d'importance à ce que nous disent nos mères... Entre quarante et cinquante ans, j'ai laissé faire la nature. Tout ça pour quoi ? Pour me retrouver trompée à l'aube de mon demi-siècle – Seigneur, je me mets à parler comme ma fille ! A l'une des pires échéances d'une vie de femme, qui plus est. Dieu, que de jalons finalement ! Mais à quelque chose malheur est bon : cela m'a permis de m'occuper de moi. Mais là, là... hormis un lifting... Que dis-je ? C'est contre nature et par conséquent inenvisageable. Qu'en dirait Bérangère ? Et Patrick ?... Mais je m'en fiche de Patrick ! Qu'il aille au diable avec ses canettes de bière et ses gamines délurées, Patrick ! S'il savait combien je goûte cette nouvelle vie ! S'il savait combien la présence d'un homme est loin de m'être indispensable ! Je suis en pleine forme et, exceptées ces frayeurs devant la glace, que j'exagère sans doute, je vis une seconde plénitude. Il faut que j'aille dire à maman que le plus bel âge, cela pourrait être tout le temps. Ce n'est qu'une question d'état d'esprit. Il suffit de le vouloir et d'y croire. Je la vois demain, maman : je lui dirai.

—

Après avoir changé de tenue et dressé le couvert, Viviane consulta l'horloge en chêne massif. Son sixième sens maternel l'avertit que Bérangère-Léa n'allait pas tarder. Elle fit trois pas vers l'interphone et la sonnerie retentit. Elle se réjouit de cette intuition qui ne lui avait jamais fait défaut ces derniers temps et dans tous les domaines. Il y a des signes qui révèlent une femme épanouie.

— B'soir m'man ! lança Léa en embrassant le front de sa mère.

Le visage radieux de Viviane dissipa provisoirement l'inquiétude qu'elle nourrissait depuis les paroles d'Orényce.

— Bonsoir, ma Bébé ! Les jolies roses ! Oh, mais il ne fallait pas, ma fille !

— Bien ! La prochaine fois, je viendrai les mains vides !

— Oh oh, la petite susceptible ! fit Viviane en mettant les fleurs dans un vase oriental. Ne fais pas ça, tu sais bien que j'ai un faible pour les roses !

— Tu as vu la couleur, cette espèce de « rose-jaune » indéfinissable ? Le cousin d'Eddie – *MayFlower*, tu sais, à Toulon –, il n'a pas son pareil pour dénicher des roseraies géniales. Tu aurais vu le bouquet qu'Eddie m'a fait envoyer pour la première de l'émission, samedi dernier ! Des « rouge-pastel spéciales », je les adore !

— Au fait, Eddie... il ne vient pas ?

— Il bavarde un moment avec Hervé avant de le laisser prendre sa soirée.

— Hervé va rentrer ? Et vous, comment allez-vous faire ?

— Tout simplement en téléphonant à ces drôles de boîtes en ferraille, tu sais bien, avec quatre roues et un monsieur dedans... Aaah !... comment ça s'appelle ? Ah oui : un taxi !

— Tu me charries encore, Bébé ! Tu ne changeras jamais, toi !

— Toi si, par contre ! s'enflamma Léa. Quelle femme de classe ! Recule un peu, que je voie. Tourne sur toi-même, vas-y...

— Bébé ! Tu me gênes !

— Allez, m'man ! C'est pas pour me moquer, tu es réellement splendide... Allez, tourne un peu !

Madame Déhal s'exécuta, non sans quelques rougeurs. Elle portait avec distinction une veste de tailleur bleu-marine et une chemise blanche à parements de dentelles du meilleur effet. Sa jupe droite, du même bleu, tombait à hauteur des genoux et laissait apparaître des mollets au galbe parfait. Léa applaudit.

— Tu sais qu'il y a des défilés pour...

Elle chercha ses mots. Viviane vint à la rescousse dans un éclat de rire jaunâtre :

— Pour les vieilles, c'est ça ? Mais... telle que tu me vois, tu peux t'imaginer toi-même dans vingt ans !

— Vingt-quatre ! Tu m'as eue à vingt-quatre ans ! Et puis excuse-moi, j'aurais dû trouver tout de suite une expression du genre « pour les femmes mûres » ou bien, euh...

— Tu patauges, Bébé ! Ne t'excuse pas, ma fille ! Je serais fière de défiler, même avec des vieilles de mon âge ! Et puis, après tout, n'y a-t-il pas mes gènes dans ceux de la sublime Léa Bérenger ?

— Y'a ceux de papa aussi ! ne put s'empêcher d'ajouter Léa.

Un ange – déchu – passa. Mère et fille soutenaient chacune le regard de l'autre. C'est Léa qui lâcha le premier sourire de connivence, signifiant qu'elle essaierait d'éviter ce terrain miné. Au fond de son cœur, cependant, persistait la farouche volonté de faire tout ce qui était en son pouvoir pour que Viviane n'oublie pas Patrick. Elle n'avait jamais compris la séparation subite de ses parents. Pour elle, ils s'aimaient encore, à leur façon et pour toujours.

— Je mets de la musique ! dit Viviane en se dirigeant vers le coin audio-vidéo du *loft*, où la technologie et le *design* se livraient une concurrence acharnée.

— Pas du « Léa Bérenger », je t'en prie ! Je ne peux plus supporter ma voix !

— Du Ferré, ça ira ?

— Si tu veux casser l'ambiance, *no problémo* !

— Au risque de causer un choc à ta culture musicale, Bébé, sache que Léo Ferré a écrit aussi des textes jovials !

— Joviaux, m'man !

— Ah non, non, non ! On dit les deux, ma fille ! Oh, mais toi, alors ! Tu comptes apprendre le français à ta vieille mère ? Bon... je nous mets l'intégrale de Brassens et on n'en parle plus !

Viviane essuya méticuleusement son disque compact. Elle s'appliqua ensuite à mettre en marche tous les éléments du système, dans l'ordre requis par le mode d'emploi, puis à régler le volume, les basses, les aigus... La mimique de sa petite Bérangère devenue Léa reflétait une tendresse infinie pour celle qui lui avait donné le jour, l'avait éduquée et lui avait transmis cette soif de découverte qu'elles partageaient depuis. Mais Léa se rendait compte, pour la première fois de manière si évidente, que tout n'était pas facile pour une femme seule de cinquante-trois ans.

— Laisse tomber les réglages, m'man ! Brassens jouait beaucoup moins sur les fréquences que les musiciens d'aujourd'hui !

Allez, viens t'asseoir à côté de moi, là... Voilà ! M'man, ça fait pas dix minutes que je suis là et tu as déjà prononcé trois fois le mot « vieille ». Que ce soit clair : tu n'es pas vieille, m'man ! On n'est pas vieille parce qu'on dépasse les cinquante ans ! Dis-moi que tu le sais, ça !

— Je sais...

Peu convaincant. Léa secoua avec vigueur la jambe gauche de sa mère, en prenant un accent campagnard.

— Regardez-moi ces mollets de Déesse, *crénom* ! C'est-y-pas du galbe de *top model*, tout ça, je vous le demande, m'sieurs-dames ?

— Arrête Bébé ! Je ne suis pas une bête de foire ! sourit Viviane.

Onze « drings » annoncèrent l'arrivée d'Eddie. Léa leva les yeux au ciel.

— Ça, c'est Eddie qui nous joue *Au clair de la lune* ! Un jour, il comprendra que c'est toujours la même note et qu'on reconnaît pas le morceau !

Viviane alla ouvrir.

— Bonsoir, belle-maman ! salua Eddie. Je vois que vous avez pris soin de donner à boire à vos roses. Joli vase !

— Bonsoir Eddie. Elles sont superbes, merci !

— Quand appelleras-tu maman par son prénom, Eddie ?

— Mais Léa ! rétorqua-t-il. « Belle-maman », c'est gentil comme tout ! Y'a « belle » et y'a « maman », deux des mots les plus beaux du monde ! Et, entre nous, tous deux très bien portés par Viviane – vous avez vu, je m'y mets ! Vous êtes resplendissante, belle-maman ! Le temps ne vous atteint pas, dites donc !

Léa et sa mère se regardèrent, éberluées. Elles savaient qu'Eddie était volontiers emphatique mais toujours sincère. Et là de plus, c'était comme s'il avait pris part à la discussion qui précédait, venant y apporter son point final de la meilleure des manières. Léa étouffa un fou rire et entraîna Viviane vers la cuisine.

— J'ai dit une bêtise ? interrogea Eddie.
— Mais non, au contraire ! fit Léa. Installe-toi, mon chou ! M'man, tu me montres ce que tu as préparé pour dîner ?
— C'est que... je fais venir un traiteur !
— Un traiteur ? Alors que tu cuisines si bien ?
— Je fais cela de plus en plus souvent ! J'ai envie d'avoir plus de temps pour moi lorsque je finis ma journée de travail. Là, c'est du temps avec vous, c'est encore mieux !
— Tu t'embourgeoises, m'man ! Tu vas mal tourner !
— Tu laisses ta maman tranquille, vilaine fi-fille ! réprimanda Eddie, bras tendu vers le haut. Allez, ouste ! Va dans ta chambre !
— Elle est pas ici, ma chambre ! laissa échapper Léa. Oh... Excuse-moi, m'man !
— Ce n'est pas grave, Bébé ! C'est vrai qu'elle est chez... ton père, ta chambre...

Eddie reprit la conversation en main.

— Bon, c'est pas tout ça, mais il paraît que vous vous êtes mise à Internet, belle-maman ? Faites-moi voir !
— C'est là-bas, venez !

Viviane Déhal conduisit ses hôtes vers le coin bureau où trônait un ordinateur à la carcasse noire, toujours de style *design* et entouré d'une imprimante-scanner-modem-fax laser de dernière génération, d'enceintes colossales et d'une pile de CD-ROM monumentale. Elle mit en route l'ensemble avec autant de minutie que pour le système audio, et lança la connexion à l'aide de sa souris ergonomique.

— Le « super mulot de l'an 2000 que j'ai » ! s'écria Eddie.
— Pardon ? demanda Viviane.

— Des bêtises de la télé ! intervint Léa. *Les Guignols*, sur Canal ! Et ça a déjà trois, quatre ans, le coup du mulot ! Fais pas attention à tout ce qu'il dit, Eddie, faut en jeter au moins les deux tiers !

— Ne dis pas « deux » quand tu penses « trois » ! fit Eddie avec son sens de l'autodérision coutumier. Et ce magasin, belle-maman, ça roule ?

Léa tressaillit et observa attentivement sa mère.

— On ne peut mieux ! clama Viviane. J'entame les entretiens individuels du personnel dès lundi. Tous les chiffres sont en hausse et je pense que mon score sera bon !

— Votre score ?

— Oui. Notre président-directeur général est partisan d'un management participatif à tous les niveaux...

— M'man, tu me tues quand tu parles comme une femme d'affaires !

— Léa ! tempêta Eddie.

— Hé ! C'est pas négatif ce que je dis, je suis super fière de ma maman ! Continue, m'man, excuse-moi.

— Oui. Et donc, tout le monde doit noter ses supérieurs hiérarchiques. Et ça touche même la responsable du personnel, c'est à dire moi ! Tenez, voilà le site Internet du groupe, il y a une page qui parle de cette méthode de *management*... Ai-je du courrier ? Non, pas de courrier !

— C'est pas un peu retors comme système, cette notation ? enchaîna Eddie. Des employés peuvent-ils vraiment donner une note moyenne, voire médiocre, à la personne qui gère leur carrière ?

— C'est anonyme, bien évidemment, Eddie ! Mais ça m'est arrivé ! Il y a deux ans, une jeune caissière n'a pas supporté mes reproches sur sa tenue vestimentaire – elle venait avec des jupes très courtes et des porte-jarretelles que tout le monde pouvait voir ! Contrariée, elle m'a mis une note de un sur vingt ! J'ai tout de suite su que cela venait d'elle. On s'est expliqué et tout s'est arrangé. C'était un cas isolé : je ne suis jamais descendue sous la barre des quinze de moyenne !

— Même qu'une année, elle a eu dix-neuf sur vingt, ma maman, en tant qu'adjointe... Tu te souviens, m'man, cette fête quand tu es rentrée ?

— Oui. C'était en... quatre-vingt-neuf, je crois bien ! Oui, c'est bien ça ! Puisque tu venais de revenir à la maison...

Elle racla sa gorge.

— Pardon ! Je raconte des choses que je ne devrais peut-être...

— Tu peux y aller, m'man ! Je t'ai raconté que j'avais vécu quelques semaines avec un certain Serge, non, Eddie ? C'est le fils d'un ami garagiste de papa.

— Très vaguement, très vaguement, rectifia Eddie. Tu n'as jamais été très causante sur tes histoires d'avant, mais comme ça ne me préoccupe pas...

Mère et fille échangèrent des regards complices appuyés. Tout à coup, le sourire de Léa disparut. Elle venait de faire le lien entre la prédiction d'Orényce et l'échéance professionnelle qui attendait Viviane.

— Euh, m'man... c'est lundi, tu dis, les notes ?

— Les premières, oui. Et il y aura un discours préalable que je dois faire devant les employés et la direction.

— Et il n'y a pas eu de problème particulier, cette année, hein ?

— Pas le moindre, non ! Je vais même proposer une réévaluation de presque tous les salaires, raisonnablement s'entend !

— Sûre, hein ? Tout va bien ?

— Qu'est-ce qui te prend ? fit Eddie.

— Rien, rien... C'est une question, c'est tout !

— T'es bizarre avec tes questions !

Viviane saisit une nouvelle adresse Internet.

— Tu as vu ça, Bébé ? Tu es magnifique sur cette photo !

— Beurk ! Ce profil que j'ai !

— Vous savez, belle-maman, que c'est mon frère David qui a conçu toutes ces pages pour *Giant Music* ?

— Bien sûr, Eddie ! Bérangère m'en a parlé et tous les soirs ou presque, je me connecte !

— Ça ne change pas tous les jours un site Internet, belle-maman !

— N'en soyez pas si sûr, Eddie ! Il fait son travail très bien, David, très professionnellement. Régulièrement, il change les extraits musicaux disponibles. Depuis deux jours, c'est... Je clique là-dessus et on va entendre.

Le dernier titre issu de l'album *Réfléchie* émana des puissantes enceintes de l'ordinateur.

— Pitié ! cria Léa. Pas ma voix, pas ma voix ! Brassens, au secours !

La sonnerie résonna. Viviane se déconnecta et alla ouvrir au traiteur. Léa sauta sur l'occasion.

— Ah, Eddie, la sonnette... la sonnette ! Il faut que je te dise, *Au clair de la lune*, c'est sympa, mais...

Leur hôtesse manqua de lâcher le plateau-repas lorsqu'Eddie éclata d'un rire tonitruant.

—

— C'était fameux, ce repas !

— Je n'ai aucun mérite, vous savez, Eddie !

— Allons, allons, belle-maman ! Et le choix du traiteur ? Comment s'appelle-t-il déjà ? Ah, oui ! C'est écrit sur les serviettes avec le logo : « Ricco & Pietri ». Inoubliable...

Son regard, énigmatique, se posa sur celui de Léa. Celle-ci fronça les sourcils pour signifier qu'elle ne comprenait pas l'allusion, si allusion il y avait.

— Un petit café ? suggéra Viviane.
— Bonne idée, m'man !
— Pas pour moi, merci ! fit Eddie.
— Vous ne buvez plus de café après les repas ?
— C'est à dire que...

Léa relaya son compagnon, visiblement embarrassé.

— Il a des brûlures d'estomac, le pauvre chou !

Elle mima les phrases suivantes :

— Il refuse d'aller faire une fibroscopie pour vérifier que c'est pas un ulcère. Il a peur d'étouffer avec le tube dans la gorge, rââââh ! Comme l'anesthésie générale ne l'enchante pas non plus, il fait traîner et dès qu'il le peut, il pleurniche pour qu'on le plaigne !

— Seigneur ! Bébé, ce n'est pas amusant ! Et si c'est un ulcère ?

— T'inquiète pas, m'man ! C'est pas un ulcère, d'après son médecin. Les crises seraient plus fréquentes et plus douloureuses...

— Tu devrais pas te moquer de ma santé comme ça ! s'indigna Eddie.

— C'est vrai, Bébé ! Tu vas trop loin, parfois !

— Hé ! Me regardez pas tous les deux comme si j'étais une méchante sorcière, voyons ! On s'asticote souvent, Eddie et moi, et il profite que tu es là pour jouer son *Caliméro* ! Il devrait être comédien, lui aussi...

— Ouh la la ! Ne parle pas trop vite, ma fille ! Toi, tu ne l'es pas encore, comédienne, loin de là ! Même si les projets dont a parlé Eddie tout à l'heure sont intéressants !

Le jeune homme tâta sa veste sur le dossier de sa chaise.

— A ce propos, j'ai un rendez-vous super important demain ! On va pas tarder à y aller, hein Léa ?
— Tû-tût, le malade ! Et mon café à moi ?
— Tu n'es qu'une sadique ! Bon, je vais prendre un café aussi, belle-maman !
— Vous n'êtes pas sérieux ?
— M'man ! C'est quand il dit qu'il ne boit plus de café qu'il n'est pas sérieux ! Il en a pris un ce matin, un ce midi et un autre avec Hervé en m'attendant tout à l'heure. Ne t'inquiète pas pour lui, va ! Et puis...

Léa lança un clin d'yeux à sa mère qui répondit silencieusement en s'empressant de gagner la cuisine. Eddie était en train de vérifier son planning du lendemain sur son agenda électronique de poche, lorsque la lumière s'éteignit. Par réflexe, il précipita sa main sur la table, renversant une bouteille de vin vide sur un verre qui ne l'était pas.

— Hé ! Qu'est-ce qu'il se passe ?
— *Happy birthday to you*, Eddie ! entonnèrent-elles.

Viviane apporta le gâteau sur la table en constatant les dégâts, à la lueur des trente flammes.

— Dieu que vous vous affolez vite, Eddie ! Heureusement que je n'ai pas de moquette mais du parquet. Je vais nettoyer tout ça... Mais avant, soufflez vos bougies !
— Mais, belle-maman, c'est demain mon anniversaire !
— Je sais bien, Eddie ! Mais on ne se voit pas demain : je célèbre la prise de la Bastille avec la grand-mère de Bérangère ! Quelle idée de naître un 14 juillet ! Allez, soufflez !

Eddie accomplit sa tâche d'une seule traite. Viviane ralluma la lumière. Le jeune homme mordillait l'ongle de son pouce droit.

— Maman aurait dit qu'il ne fallait pas fêter un anniversaire en avance !

— Elle avait raison votre maman, Eddie ! Et c'est pourquoi...
Elle sortit un paquet d'une armoire et le tendit vers lui.
— ... Et c'est pourquoi je veux que vous n'ouvriez ce paquet que demain ! Bon anniversaire, Eddie !
Le jeune homme, ému, se leva et l'enlaça.
— Merci de tout cœur, belle-maman ! Je vous aime très fort, vous savez...
— C'est Bébé qui m'a donné l'idée pour le cadeau. Vous verrez demain, j'espère que ça va vous plaire !
Eddie s'accroupit près de Léa et lui caressa le menton du revers de l'index.
— Toi aussi, je t'aime, mon ange ! Moins quand tu te fous de moi, mais quand même ! Alors tant pis pour le rendez-vous de demain, j'aurai une face de déterré, mais on va se manger le gâteau tranquillement.
— Et se brûler l'estomac à coups de caféine ! jubila Léa.
Il ôta une à une les bougies de la pâtisserie, puis la coupa en trois parts à peu près égales. Quelques minutes et un aller-retour de serpillière plus tard, Viviane rejoignit le couple.
— Un de ces jours, fit Léa, avec tous ces pseudos, diminutifs et compagnie, je vais finir par ne plus savoir comment je m'appelle !
Elle compta sur ses doigts.
— Toi, m'man, tu m'appelles « Bébé » depuis toujours. Eddie croyait d'ailleurs au départ que c'était Bébé, comme un bébé. Je lui ai dit que c'était le diminutif de Bérangère que tu me donnais. Papa, il m'appelle « Bé » et toi, Eddie, tu m'appelles Léa. Ça fait drôle, d'ailleurs, on s'est pris au jeu... Bref ! La majorité de mes connaissances récentes m'appellent aussi Léa, et il reste en fait très peu de gens pour qui je suis Bérangère. Ça me tue, ça...
— Et moi, c'est pareil : entre Samuel, Sam, Sammy, Eddie... « Didi » même, tiens ! C'est le surnom que me donne Esther, une

vraie spécialiste du genre : David et moi, c'est « Dada et Didi », par exemple.

— Qui est Esther ? demanda Viviane.

Léa répondit à la place d'Eddie.

— C'est une... amie d'Eddie et de son frère. Elle est directrice artistique dans ma maison de disques.

— C'est mignon, « Didi », ça sonne tendre ! nota Viviane. Cette Esther, c'est le style femme-enfant, comme Bérangère ?

— Euh, oui... euh... pas tout à fait, enfin... non ! s'emmêla Eddie. Mais bon, moi en fait, j'aime pas trop qu'elle m'appelle « Didi ». Je passe mon temps à le lui dire !

— Ça fait un bail que je l'ai pas vue, moi ! commenta Léa, nerveuse. Et toi, Eddie ?

— Je la vois demain ! Le but de notre entrevue est top secret !

— Pourq... Ah, je vois ! Si c'est top secret, ça veut dire que ça concerne ton projet cinéma, c'est ça ?

— NOTRE projet cinéma !

— Si tu veux ! Alors ?

Eddie simula une fermeture-éclair greffée sur sa bouche.

— Top secret !

Viviane retourna à la cuisine et revint avec trois cafés. Plus tard, elle composa un numéro sur le combiné – *design* toujours – de son téléphone sans fil.

— Je vous appelle une boîte de ferraille avec quatre roues et un monsieur dedans !

Eddie abaissa l'un de ses sourcils et se tourna vers Léa pour obtenir un éclaircissement.

— C'est entre maman et moi ! Euh... tu sais, Eddie, que ça te fait la tronche de Sean Connery dans *James Bond,* ton sourcil ?

Elle fit mine de réfléchir.

— Non, j'exagère finalement ! conclut-elle.

Vendredi 14 juillet 2000

Eddie empoigna la télécommande de sa chaîne haute-fidélité et diminua le volume de l'émission radiophonique qu'il suivait.
— Qui est là ?
— Moi... Qui veux-tu ? répondit une voix fluette.
— Oh, pardon ! Entre, Esther !
Esther Serrano-Gillet dandina son mètre soixante-deux jusqu'au siège qui faisait face au bureau d'Eddie. La directrice artistique de la maison de disques *Giant Music*, chez laquelle Eddie avait négocié un local de travail, posa ses coudes sur la table de verre.
— Tu planes, *again and again*, Didi !
— Arrête de m'appeler comme ça, je t'ai toujours dit que j'aimais pas ! Ceci dit, c'est vrai : j'avais oublié que tu devais passer me voir, ça arrive !
— Que TU m'avais demandé de passer te voir ! Et un jour férié, en plus !
— Tu passes ton temps à te plaindre qu'on ne se voit pas assez souvent ! Te voilà servie ! Et puis ce n'est pas QUE un jour férié aujourd'hui...

La jeune femme sembla ignorer cette dernière remarque.
— Tu écoutais quoi ? demanda-t-elle.
— « Les Chroniques du Son » de Peter Niels, sur RPJ. Ce type est captivant quand il parle des évolutions de nos goûts musicaux ! Il en connaît un rayon ! Et puis...

Esther dévisagea intensément son interlocuteur. Elle le sentait encore prêt à se lancer dans un dithyrambe dont la conclusion serait à coup sûr : « il faut que je travaille avec ce type ! ». Eddie savait s'entourer et susciter l'adhésion autour de lui, ça ne faisait pas l'ombre d'un doute. Elle esquissa un sourire narquois qui le freina dans son élan verbeux. Il tordit sa bouche de façon évocatrice, comme pour signaler qu'il avait compris le message. A son tour, il considéra la jeune femme qui le fixait de ses yeux noisette. Esther Serrano-Gillet était une trentenaire un peu fofolle et extraordinairement attachante. Elle reconnaissait forcer sur le fond de teint et le contour des yeux, mais ceux qui savaient en faire abstraction se retrouvaient souvent sous le charme. Sa chevelure décolorée laissait entrevoir des racines brunes. Elle était vêtue d'une chemisette de soie à la blancheur immaculée, boutons supérieurs inutilisés. Eddie aurait ainsi pu s'apercevoir qu'elle ne portait pas de soutien-gorge, s'il y avait prêté attention, ce qui n'était pas le cas. Esther s'efforçait de cacher une certaine fatigue, attestée par des cernes, elles, bien perceptibles. Elle entreprit de faire préciser la raison de cette convocation amicale, en ce 14 juillet pluvieux.

— *So*, Didi... hum, *sorry* : Eddie !... Tu m'as appelée pourquoi ?

Eddie l'avait toujours connue parsemant naturellement ses phrases de termes anglais. Cette particularité provenait d'un séjour de plusieurs années à Toronto. Il répondit laconiquement.

— Musiques de films, mam'zelle !
— Madame ! Mais encore ?

— Vous bossez avec des compositeurs qui valent le coup, chez *Giant* ?

— Tu as accès aux biographies, discographies et œuvres de la maison, *am I wrong* ?

— Tu n'as pas compris ! J'ai dit « qui valent le coup », ça veut dire des bons... des très bons ! Je te demande ton avis artistique ! Et j'ai confiance en toi.

— Tu as une idée en tête ou je fantasme ?

— Pas faux...

— *Let me guess* : tu... tu veux lancer Léa au Cinéma ?

Eddie tira la langue en triturant ses doigts.

— Ben...

— Eddie, Eddie ! Tu veux la tuer, ta perle ?

— Je t'en prie, Esther, ne...

— Mais je suis sincère ! C'est un vrai boulot ! Et accorde-lui du repos !

— Elle sera une actrice formidable ! affirma Eddie sur un ton définitif.

— *Please*, écoute-moi, je suis...

Il coupa court.

— Stop, Esther ! Toi, tu m'écoutes : tu me tuyautes ou tu me tuyautes pas ! Mais tu me le dis maintenant ! J'ai déjà des *scénars* intéressants à soumettre au réalisateur... qu'il faut que je trouve aussi, du reste !

— Dans quel *trip* ?

— Comédies sentimentales pour la plupart, dont une que j'adore. Ça s'appelle *Robe de Cendres* : c'est l'histoire d'une femme qui se dédouble après avoir quitté son mec. L'une se remet avec le mec, et l'autre non. L'originalité, c'est qu'elles se rencontrent – elle et son double... en fait « elle et elle » –, cinq ans plus tard, et...

— Eddie ! interrompit la jeune femme. Tu es sûr de toi ? Tu es sûr d'elle ?

— A deux mille pour cent ! Pour elle comme pour moi. C'est peut-être prétentieux mais tu sais bien que j'adore me foutre la pression tout seul. Après, je suis obligé de faire ce que je dis... ou en tout cas d'essayer ! Pour l'instant, ça a marché, je touche du bois.

— Bon, si tu y tiens... Je te ferai passer une liste de deux, trois noms avec les coordonnées et les références. Tu veux ça pour quand ?

— *As soon as possible* ! répondit Eddie avec un clin d'œil taquin.

Elle cilla, les deux mains à plat sur le bureau.

— Et ton frère ?

L'apparente absence d'à-propos interloqua Eddie.

— David ? Mais, euh... Il va bien, il va bien...

— Eddie, Eddie ! *I know that*, je l'ai appelé il y a deux jours ! Ce que je voulais dire, c'est : ses musiques ?

— Ses musiques ? De quoi tu parles ?

Esther dodelina de la tête.

— Tu ne sais pas que David compose, peut-être ?

— Première nouvelle !

— C'est très bon, ce qu'il fait ! Et ça irait bien sur des comédies sentimentales !

— Attends, Esther ! Je suis dans la douzième dimension, là ! David, mon petit frère, celui que j'ai vu grandir et qui fait des sites Internet... David compose de la musique ?

— Il y a décidément un problème de communication entre toi et lui ! Depuis des mois, il passe des nuits entières sur son petit synthé, en autodidacte avec son ordinateur chéri. Ensuite, il ramène ses fichiers ici et Gérard arrange le tout avec des sons plus élaborés et sa patte personnelle. C'est d'enfer ce qu'il fait, David, avec simplement une bonne oreille et sans formation musicale ! Un vrai *genious* !

— A ce point-là ? fit Eddie pensif.

— Tu n'as qu'à écouter ! Et puis tant qu'à faire, rétablir un vrai dialogue avec lui, ce serait pas mal...

Eddie avait le regard dans le vague. Mal à l'aise, il botta en touche.

— C'est lui qui parle peu. Bon, je verrai avec lui pour ses... hum... musiques !

Esther fit le tour du bureau, s'approcha d'Eddie et prit sa main. Celui-ci refusa ce témoignage d'amitié, se leva à son tour et se dirigea vers la baie vitrée. Le ciel grisâtre donnait à présager une journée d'averses ininterrompues. A moins que le nuage de pollution qui surplombait la Capitale ne faussât toute prévision. La jeune femme murmura.

— Moi, si j'avais un frère ou une sœur, on s'aimerait fort...

Eddie se tourna brutalement, la mâchoire serrée. Esther compléta, délibérément acerbe :

— ... Et même sans se le dire, on se le montrerait tout le temps !

Il baissa la tête. Esther expira puis inspira avec force.

— Tu veux que je te laisse ?

Les saccades de la nuque d'Eddie signifièrent une réponse positive. Un éclair devança un coup de tonnerre, lequel coïncida avec la sortie d'Esther et le bruit de la porte qui se referma.

—

— Quand on parle du loup... fit Esther en ouvrant son parapluie au bas de l'immeuble.

— J'allais chercher un CD-ROM ! expliqua David devant la porte. J'espérais qu'il y aurait quelqu'un pour m'ouvrir, tu tombes bien.

— Ton frère est là aussi !

— Je suis pas ici pour le voir, je te dis !

Les frères Mekri n'avaient pas d'atomes crochus et peu de points communs. De prime abord, quiconque tentait la comparaison concluait que David remportait la palme du succès auprès de la gent féminine : il dominait Eddie d'une dizaine de centimètres et son heure quotidienne de natation lui conférait une musculature mise en valeur par les vêtements appropriés, élégants de surcroît. Son visage d'éphèbe ne pouvait laisser indifférent, où contrastaient le hâle de sa peau et la clarté de ses yeux gris-vert. Et pourtant ! Son introversion en faisait un écorché-vif, artiste refoulé même s'il l'était probablement plus que son aîné, au fond. Alors, malgré ses petits défauts physiques, Eddie avait toujours séduit alors que David embarrassait sa mémoire de nombreux échecs sentimentaux.

Esther referma son parapluie pour rentrer avec David.

— Une de tes dernières compositions ? lui demanda-t-elle.

— CD-ROM, pas AUDIO ! C'est d'informatique que je parle !

— *Not the same* ?

— Non ! Sinon on les appellerait pareil ! répondit David sans ironie.

— Tu sais, moi, la technique...

Il explicita sans enthousiasme, même si le sujet s'y prêtait :

— C'est pour les nouvelles pages du site Internet de *Giant*. On a mis une base de données des artistes de la boîte à disposition du grand public, avec des extraits en temps réel, des *waves* et des *midifiles* à télécharger.

— Tu pourrais me parler en *yiddish* que j'y comprendrais rien, *you know that* ! Et dans les deux cas, c'est pas l'envie d'apprendre qui me manque. Quand ça rentre pas, ça rentre pas, c'est tout ! *By the way*, ça tombe bien que tu sois là, pour moi aussi. On va à la machine à café ? J'ai à te parler...

— J'ai pas beaucoup de temps.

— Y'en a pas pour longtemps. Cinq petites minutes. Viens !

Elle l'entraîna dans un couloir proche en sautillant. Le jeune homme, lui, donnait l'air de porter sa croix. Dans la salle d'attente, Esther vida complètement son sac à main sur une table ronde et fouilla ses poches, en vain.

— T'aurais pas deux francs, Dada ?

— David ! Je m'appelle David...

— Ton frère aussi, on dirait que ça l'horripile ! Je trouve ça *funny*, moi, « Didi et Dada » !

— Par ordre d'importance, pesta David pour lui-même avant de rehausser la voix. D'abord, pour moi, mon frère, il s'appelle pas Eddie, mais Samuel ! Tiens, voilà tes deux francs !

— *Thanks*. Ah ! J'avais une terrible envie de potage !

— Drôle d'envie. T'es enceinte ou quoi ?

Esther rata la fente du distributeur. La pièce roula sur le linoléum pour s'immobiliser sous un fauteuil. David se baissa nonchalamment.

— J'ai visé juste, MOI ?

Elle apposa sa main sur son ventre, réajusta sa veste et récupéra la pièce que lui tendait David. Elle l'introduisit dans l'appareil, l'œil sur le gobelet douché de bouillon chaud. David n'insista pas malgré l'amertume née de cet aveu tacite.

— Tu voulais me parler ? fit-il.

— Euh... oui. Pour l'anniversaire de ton frère, tout est OK. Il faut simplement que tu confirmes avec le traiteur !

— C'est un peu tard, non ? Et puis, tu peux pas le faire, toi ?

— J'ai pas le temps cet après-midi et il faut leur donner tous les détails en urgence autour de quatorze heures. Si tu pouvais leur faxer les horaires et le plan d'accès, *it would be great* ! Les papiers sont dans mon casier…

David s'assit sur l'un des fauteuils et passa sa main droite dans ses cheveux.

— Il sera là, ce soir ?
— Qui ça, Eddie ?
— Mais non ! Ton Cédric ?
— *Of course* ! Ça se passe dans sa boîte, évidemment qu'il sera là ! Et puis, il y est déjà : il bosse même les jours fériés !
— Et comment il va, monsieur Gillet-le-gros-bosseur ?
— Il va bien, ça va... Sa boîte tourne, tout va bien !
— « Sa boîte tourne, tout va bien » ! Y'a que ça qui compte dans sa vie ou quoi ? Vous deux ?
— Ça... ça va, on fait aller !
— T'es impressionnante de conviction, la *miss* !
— Y'a... des hauts et des bas…
— Des hauts ? Pas souvent, alors ! T'as beau te maquiller, moi je les vois, tes yeux bouffis, là ! Ça fait des semaines que tu ressembles à un zombie !

Esther se tourna instinctivement vers la surface vitrée de la machine à café. Elle en approcha son visage, exhala un soupir résigné. Une fois sur le siège voisin de celui de David, elle tira la table vers elle, y posa son gobelet de soupe et fit glisser ses effets personnels éparpillés vers le bord. Son sac à main de nouveau plein, elle en sortit un briquet et un paquet de cigarettes au menthol. Son regard s'affubla d'un strabisme convergent vers la flamme qui consumait le papier blanchâtre.

— Le potage va refroidir, prévint David.
— Mmmm...
— Tu devrais pas fumer...
— Mmmm... « dans mon état », c'est ça que tu veux dire ?

Elle savait que se trouvait à ses côtés un homme en qui elle pouvait avoir toute confiance. Un ex pas tout à fait remis qui prenait sur lui pour supporter la proximité à laquelle son contrat de consultant informatique pour *Giant Music* l'obligeait. Elle aurait aimé conserver son amitié parce que c'était un type « bien », intègre et loyal. Mais il lui avait fait comprendre que ce serait difficile. C'était la première fois qu'elle le sentait prêt à recueillir ses confidences, presque sans état d'âme.

— C'est pas le *top*, Cédric et moi...
— Ça, je veux pas l'entendre, fit David, les sourcils froncés.
— C'est pourtant ce que tu attends depuis tout à l'heure, non ?

Calmement, David lui retira sa cigarette qu'il écrasa sur le cendrier au centre de la table. Ensuite, il porta le gobelet déjà tiède aux lèvres d'Esther. Elle but une gorgée, puis reposa le verre de plastique devant elle. David entrecroisa ses doigts.

— Tu peux y aller, j'écoute !
— Il b-boit, il m-ment... Il... m-me trompe ! bégaya-t-elle.
— Pas moi, à notre époque...
— Ne ramène pas tout à toi, et pas tout à nous, David ! Ça fait bientôt deux ans... En fait, tu as raison : tu n'es pas prêt à entendre ça !
— J'en ai trop entendu ou pas assez !
— Trop ! J'arrête !

Elle se leva. David la retint par le bras.

— Comprends-moi : tu joues à la fille heureuse pendant deux ans et puis tout d'un coup, tu sautes les étapes et tu veux que je sois ton confident pour me dire que c'est la merde !
— Tu m'y as poussée ! Et moi j'ai pas la force de garder tout ça pour moi en ce moment ! J'ai fait une erreur en te parlant... *Let's stop it* ! vociféra-t-elle en ouvrant la porte.

— Et pourquoi t'en parles pas à Samuel ? Parce que là, pour le coup, c'est lui qui...

— Tais-toi David ! Tais-toi ! C'est ce que j'aurais dû faire, moi... me taire !

Elle sortit de la pièce.

—

Une note puis deux, au piano. Puis des accords. Des rideaux mauves séparent la pièce principale de l'alcôve d'où vient la mélodie. Le pianiste est dissimulé derrière. Ses doigts virevoltent ; il aime sentir les vibrations des cordes frappées. L'improvisation enfièvre les mesures et leurs silences. Il ajuste les demi-tons, les harmonies, accélère parce que la suite vient toute seule. Sombre, la mélodie, noire même. Parce qu'il sait qu'il restera à jamais un virtuose ignoré... Il finit sa recherche et rejoue, d'une traite, le morceau angoissant.

Une fille rousse assise en tailleur sur la moquette, dans le salon. Beige, la moquette, et sale, jonchée de magazines découpés. Une paire de ciseaux pointus. Les yeux noirs de la jeune femme attendent un signal. Elle porte un débardeur de coton noir et un pantalon large en velours, de même couleur. Ses bras sont maigres, sa peau blanche, ses pieds nus. Elle se lève brusquement. Disparaît dans une pièce attenante, puis revient sur le canapé vert, un sachet de soupe lyophilisée dans la main. Elle arrache un coin du sachet, ouvre grand la bouche et verse la poudre. Elle ferme la bouche, se crispe. Une larme longe la narine gauche. Elle déglutit puis étouffe un râle. La musique se tait.

— J'y vais, dit-elle, effarouchée. J'y vais, j'y vais...

Un son de piano, note suraiguë. La rouquine, bouche bée, yeux idem. Elle approche de ses lèvres un pendentif étrange, comme un talkie-walkie miniature. Puis ânonne, la voix haut perchée :

— Blanche-Neige est piégée : la pomme est dans le panier. Elle le lâchera plus, le panier, j'en suis sûre. Je crois que Simplet n'est pas au parfum. Il est occupé. Il court pour elle. Il voit rien, je crois. Par contre, l'Anti est méfiant. Très méfiant. Il ne m'aime pas, je l'ai vu dans son regard. Mais on est plus forts que lui. Lui, c'est un faible. Et puis il n'est pas dans le plan. Mère Thérésa attend ses bons points, tu m'as dit ? Lundi, c'est lundi, je sais ! Lundi, la fessée ! Phase deux de l'an deux, ensuite. Tu veux continuer à le suivre, le Trappiste ? Il est plus dans la boucle et je ne pense pas qu'il puisse changer les plans.

Un son de piano, grave. Elle se dresse, court vers les toilettes, tousse, vomit. La musique reprend ses droits. La même mélodie sombre, noire...

—

C'était la valse des coupes de Champagne, le soir du vendredi 14 juillet 2000, sur fond de musique rythmée. Un brouhaha monstrueux, coloré et mondain, régnait chez *Giant Music* : un cocktail « surprise » pour les trente ans d'Eddie ! Les poulains de la maison de disques s'y croisaient, choyés par des dirigeants attentifs. Esther Serrano-Gillet, en robe longue bariolée, déplorait l'inconfort du canapé sur lequel elle était avachie. Cédric Gillet plaisantait avec la jeune fille qui tenait le bar. David Mekri, costume sombre, chemise blanche et nœud papillon, gardait un œil sur le patron de *Giant Music* tout en conversant avec Gérard, son ami et surtout l'arrangeur le plus courtisé de la société. Eddie, en costume prince-de-galles, chemise blanche et cravate fantaisie, avait rassemblé les compositeurs qu'avait pris soin de lui présenter Esther. Il aiguillait finement la discussion sur les caractéristiques d'une bonne bande originale de film. Léa, sensualité exacerbée par sa tenue – cardigan blanc noué sur un *body*, une jupette et des bas noirs – faisait remarquer à Hervé qu'il n'était pas en *short* mais la tutoyait. Elle fut happée par un dandy à l'accent russe consciencieusement travaillé qui se déclarait prêt à écrire pour elle le scénario du siècle prochain. Elle maudissait Eddie et son projet « top secret » connu de toute la planète.

— Et ce serait quoi, l'histoire ? demanda-t-elle par curiosité.

— Trrès barroque... trrès rromantique, cinéma d'auteurr flamboyant ! Vous serrez magicienne dans rrôle d'Irrina, surrtout scène finale, lumièrres surr lac gelé, décorrs naturels... J'ai patineuse trrès grracieuse pourr doublurre !

— Quel intérêt d'être « magicienne dans scène finale » si ce n'est pas moi qui la joue ?

— Pourr grros plans surr visage angélique, actrrice merrveilleuse, désespoirr de la douleurr, magnifié parr patinage, passion plus forrte que drrame d'Irrina ! Omniprrésence de passion patinage !

— Très bien, votre idée ! ironisa Léa en tapotant sur l'épaule de son interlocuteur. Vous avez prévu un partenaire dans les surgelés, pour le financement ?

Hervé s'approcha d'elle et la tira par le bras. Elle s'excusa.

— Ah, on m'appelle ! Mais envoyez le manuscrit à Eddie, il « lirra avec plaisirr », je pense !

En aparté, Hervé conseilla à Léa de mettre de l'eau dans son vin.

— Léa ! Ne passe pas systématiquement ton temps à casser les gens qui te proposent des projets !

— Non mais, attends ! Décors naturels, il dit, le type ! Je vais aller me cailler en Sibérie pendant six mois pour avoir une doublure pendant les trois quarts du film ? « Omniprésente passion patinage » ! Non mais je rêve ! C'est invraisemblable cette histoire ! Et puis, c'est qui ce charlot qui joue au *Soviet suprême* alors que, ça se trouve, il est né à Brest ou je ne sais où ? Comme si ça ne se voyait pas qu'il en fait trois tonnes ! Il est typé russe comme moi je suis typée congolaise !

— Tu me fais planer avec tes expressions « à la Eddie » !

— Moi, c'est lui qui me fait planer avec ses plans foireux ! Dès que je le trouve, je vais lui frotter les oreilles, moi, à Eddie !

—

Loin de se douter que ses oreilles étaient menacées, Eddie contrôlait très professionnellement le débat qu'il avait initié.

— Et pour vous tous, la meilleure méthode, c'est quoi ? S'inspirer des images, des dialogues, des deux ?

— A mon sens, fit l'un des compositeurs, la musique n'a de sens que si elle porte les sentiments de l'instant, comme dans les *clips* !

— Vrai et faux ! intervint un autre. L'instant, dans un film, se nourrit des instants précédents. La musique doit s'enrichir petit à petit en multipliant les rappels à elle-même ! Un fil conducteur en quelque sorte !

— Moi, répliqua le premier, je ne suis pas pour les déclinaisons en « N » arrangements du même thème ! Ça signifierait que chaque scène n'a pas son propre ressenti !

— Tu veux dire qu'un film, pour toi, c'est pas la déclinaison des sentiments d'une personne – le héros ou l'héroïne – à travers une histoire ? renchérit un troisième très jeune. N'importe quoi !

— Donc, si je vous suis bien, il y a deux écoles ? synthétisa Eddie. Celle qui préconise un thème récurrent – avec d'autres de passage, j'entends bien – et celle qui fait de chaque scène forte un petit *clip* vidéo avec son ambiance propre, c'est ça ?

— Les scènes « *clip* », il faut faire attention, tout de même ! reprit le second compositeur. Ça dépend du type de film ! Tous les scénarii ne sont pas « *clipables* »...

— J'entends bien, fit Eddie.

—

— Vous êtes l'organisatrice, je crois ? demanda un jeune homme élégant à Esther en s'asseyant près d'elle. Max Joubert, romancier...

Elle répondit avec une visible difficulté à respirer.

— Entre autres, oui ! Esther Serrano-Gillet...

— Je vous connais. Mais, ça ne va pas, on dirait ?

— Du mal à reprendre mon haleine. Ça m'oppresse, *this crowd* !

— Vous ne supportez pas la foule, vous qui passez votre temps dans les lieux branchés de Paris et d'ailleurs ?

— C'est ponctuel.

— Vous voulez boire quelque chose, ça ira mieux après ? suggéra l'écrivain en hélant l'une des hôtesses qui sillonnaient la salle.

— *Yes, thanks* ! Mais sans alcool, *please*...

— Un cocktail de fruits rouges, s'il vous plaît, mademoiselle !

Il posa son verre de tequila sur une petite table.

— Ça vous ira, fruits rouges ?

— Très bien.

Esther prit le verre et s'abreuva d'abord de l'odeur sucrée de la boisson.

— Buvez lentement et respirez bien, conseilla Max Joubert, la main posée sur celle de la directrice artistique.

Une voix grave et trouble s'immisça dans le dialogue.

— T'es qui, toi ? Tu vires tes sales pattes de ma femme !

A l'évidence, Cédric Gillet avait encore forcé sur les mélanges d'alcools. Joubert ne se démonta pas.

— Max Joubert, romancier ! On s'est déjà salués tout à l'heure. Ne vous méprenez pas, je l'aidais à se remettre d'un malaise passager...
— Ça va mieux, confirma Esther.
— Romancier de mes couilles ou pas, tu dégages de ma femme ! Et *presto* !
— Il faut vous reposer, Cédric ! Vous n'êtes pas en forme...
— *Please*, laissez-nous, Max ! l'implora Esther, désemparée.
L'écrivain s'esquiva à contrecœur.
— A votre guise. Bonne soirée, madame Serrano !
— Serrano-Gillet ! hurla Cédric en s'affalant sur le canapé.
Esther posa le dos de sa main sur le front de son mari.
— Tu transpires et tu es chaud, Céd'. Il a raison, Max : va sur la véranda prendre l'air !
— Max... Max... Max... Tu m'joues quoi, là ? Qu'est-ce qu'il te voulait, ton Max, d'abord ? Il te plaît ?
Elle soupira et montra son cocktail de fruits rouges.
— C'est pas MON Max, Céd'. Je viens juste de le rencontrer et il est gentil, il m'a fait porter un verre !
— Il voulait te soûler la gueule, c't'enculé de jeune beau, là, « monsieur cocktails tequila » ! 'L'est connu pour ça, le gars ! J'ai compris !
— Rien du tout... T'as rien compris du tout, Céd'. Y'a pas d'alcool là-dedans !
— Me prends pour un con, en plus ? Donne ce verre !
Cédric prit le poignet de son épouse avec violence. David, qui avait suivi la scène du coin de l'œil, intervint en attrapant à son tour le bras du président de *Giant Music*.
— Lâche-la tout de suite ! ordonna-t-il.
— Oh putain, y manquait plus que lui ! beugla Cédric. Toi, l'ex, tu fermes ta grande gueule et tu nous laisses régler nos affaires !

— Non, toi, tu laisses Esther se reposer ! Tu vois pas qu'elle est mal ?

— Qu'est-ce que tu comprends à ma femme, toi, con de *loser* ? T'as même pas réussi à la garder plus d'une semaine...

— Esther, c'est bien parce que t'es là et qu'il y a du monde ! se retint David.

— Allez barre-toi, p'tit con !

— Je laisserai pas Esther et toi seuls, *dans votre état...*

Esther frémit, les yeux écarquillés. Cédric rugit.

— Mon état... son état, quoi ? Tu lui as dit quoi, toi ?

— J'ai rien dit, *nothing !*

— Putain ! Je t'avais dit de...

— *Nothing, I swear* ! pleurnicha Esther.

— Ça se voit bien qu'elle est crevée, bordel ! fit David en saisissant le col de Cédric. Tu vas arrêter de lui parler sur ce ton ou quoi ?

Le mari s'énerva, décochant un coup de poing à l'estomac de l'ex.

— Tiens, espèce de petite merde !

Il se fit plus mal aux doigts que le destinataire aux abdominaux d'acier. David s'apprêtait néanmoins à riposter par un direct qui s'annonçait dévastateur.

— Non, non ! cria Esther en pleurs.

Eddie accourut et stoppa David dans sa fougue vengeresse.

— Qu'est-ce qu'il se passe, ici ? David, qu'est-ce que tu fais ? Tu veux saloper la soirée ?

Il se tourna vers Cédric Gillet, qui secouait sa main endolorie et sa tête embrumée de vapeurs éthyliques.

— Ah d'accord...

Il fit signe à l'un des collaborateurs de Cédric.

— Yohan, s'il te plaît, tu pourrais emmener Cédric à l'écart ? Fais-lui boire un café salé ou un truc qui le fera gerber mais surtout qu'il ne reste pas ici ! Il y a des taupes partout et je ne voudrais pas que cette histoire finisse dans un canard *people*.

— Si ça doit être le cas, à mon avis, c'est trop tard ! confia Yohan. Mais bon...

Il entraîna Cédric dans une pièce proche. Eddie fit de même avec David.

— Vas-y, dit ce dernier. Fais-moi ton sermon de grand frère !

— Arrête ! Tu veux perdre ton boulot ? Si c'est ça que tu veux, dis-le !

— Tu m'fais chier, Sam ! Je suis informaticien in-dé-pen-dant : j'ai peut-être eu mon premier contrat avec *Giant*, et sûrement grâce à toi, mais aujourd'hui j'en ai d'autres et j'ai pas besoin de bosser avec ce connard !

— Comme tu dis « sûrement grâce à moi ». Alors tu sais que je ne veux que ton bien. Je te conseille donc d'aller présenter tes excuses à Cédric tout à l'heure...

— Alors ça, c'est la meilleure ! T'as rien vu et tu me juges, encore et toujours ! Il maltraite Esther qui est enceinte, il me frappe, je réponds même pas et...

— Esther est enceinte ? interrompit Eddie, stupéfait.

— Ouais, mais hum... je crois qu'elle veut pas que ça se sache. Je devrais même pas être au courant. Fais comme si je t'avais rien dit !

— OK... Mais je vais aller la voir, elle n'avait pas l'air dans son assiette du tout ! Toi, rentre chez toi, s'il te plaît, ça vaudra mieux...

David acquiesça d'un mouvement de tête, avec cependant un profond sentiment d'injustice. Il commença à se diriger vers le vestiaire, puis fit brusquement volte-face.

— Sam... C'est bien ce que tu as fait pour moi au niveau du boulot, mais je suis un grand garçon maintenant. Arrête de vouloir m'aider sans cesse, je peux gérer ma vie tout seul... S'te plaît, arrête !

Eddie regarda David s'éloigner.

—

— Véritablement, ma chérie ! Votre histoire, Eddie et toi, c'est le feu ! Le feu, tu comprends ? Alors un film autobiographique, quelle étourdissante aventure ce serait !

Hervé n'en revenait pas. La femme d'âge très mûr qui faisait face à l'artiste était, au bas mot, la vingtième d'un défilé incessant de personnes venues décrire leur projet de film. Le chauffeur, que d'aucuns prenaient pour un « garde du corps bien trop frêle », escortait son amie-patronne avec un fou rire intérieur à chaque fois que quelqu'un s'approchait.

— Et vous avez un titre ? demanda Léa sur un ton indifférent.

— Mais ma chérie, « Eddie et Léa », ce serait la meilleure trace de votre amour indélébile et immortel !

— Et on filmerait au caméscope notre vie de tous les jours, et puis la nuit de noces aussi, non ?

— Quelle créativité, ma chérie ! s'extasia la femme, imperturbable.

— Hervé, sauve-moi ! chuchota Léa au frêle garde du corps assis à sa gauche.

Hervé réfléchit, se leva et proposa à la voisine de Léa :

— M'accorderez-vous cette danse, madame ?

La série des *slows* venait de commencer.

— Avec plaisir, beau jeune homme. Tu permets, ma chérie ?

— Faites, faites ! souffla Léa.

Elle promena son regard alentours afin de déterminer où se trouvait l'homme de sa vie, à qui elle aurait bien tordu le cou par amour indélébile et immortel. Elle s'émut en l'apercevant sur la piste, étreignant Esther. Les lèvres d'Eddie effleuraient l'oreille gauche de la jeune femme, dont le visage quitta rapidement sa moue triste pour un rire franc. Lorsqu'elle regardait son partenaire d'une danse, Esther Serrano-Gillet renvoyait l'image d'une tendre amie à l'admiration éternelle.

—

— Alors, mam'zelle ?... pardon : madame ! On fait tourner la tête de son mari ? susurra Eddie à sa cavalière.
— N'en rajoute pas, *please*, Didi...
— C'est bien parce que tu es fatiguée que je te laisse utiliser ce surnom ridicule !
— Eddie, tu peux pas savoir comme...
Elle marqua une pause. Eddie l'invita à poursuivre d'une affectueuse voix de basse.
— Comme... ?
— ... Comme Cédric a changé depuis notre mariage ! Il est brutal, il rentre à des heures pas possibles et...
Deuxième pause. Eddie sourit.
— Et ... ? C'est un jeu, c'est ça ? Tu t'arrêtes au milieu de tes phrases et je complète ? Allez, tu sais bien que tu peux me parler !
— *I know !* Mais c'est pas facile...
Accélérant la cadence, Eddie la fit tournoyer vers le centre de la piste.
— Tu préfères qu'on se foute de la gueule des invités, comme... comme on faisait avant ? Tiens, regarde Rose Colombani qui danse avec Hervé ! Je parle même pas de son maquillage, vu que le tien ne vaut pas mieux après tes vilaines larmes, hum... Regarde ce pauvre Hervé ! Il a les bras quasi tendus et la maintient à distance, la frustrée ! Elle a dû lui faire des avances ! Elle s'est toujours crue dans ses romans : des adolescents qui

s'amourachent de femmes rabougries... Cruel manque de réalisme dans son cas !

Esther jeta un œil sur le duo mal assorti, puis vers Eddie qui imitait « la frustrée » avec une grimace grandguignolesque. Elle étouffa un éclat de rire sur son épaule.

Le *Disc Jockey* chargé de l'animation démontra son savoir-faire dans les transitions. Presque aucun des couples enlacés sur la piste ne se désunirent, à l'exception d'Hervé et Rose Colombani. Le chauffeur s'approcha de sa patronne. Léa accepta son invitation sans remarquer le geste de la main d'Eddie, qui ne remarqua pas non plus la mine renfrognée de sa compagne.

— Au fait, « madam'zelle », demanda Eddie à Esther, pourquoi tu as invité tout ce monde ?

— J'ai rajouté une quinzaine de personnes sur la liste depuis que tu m'as dit que tu cherchais des contacts « *movies* ». Même si ça faisait très très *short* comme délai, la plupart a accepté spontanément. Mais je n'ai pas parlé de ton projet !

— Oh, tu sais, dès que j'en ai moi-même parlé à une ou deux personnes, je savais que tout Paris allait être au courant ! Et puis... hé hé !... je savais aussi depuis deux semaines que tu organisais cette soirée pour au moins trente personnes !

— *Sorry* ?

— Un devis faxé à l'attention de madame Serrano-Gillet qui s'ennuyait dans le bac du télécopieur, avec entête de chez « Ricco & Pietri ». Cocktail seize pièces « Ricco », bar avec Champagne « Pietri », le tout pour trente à cinquante personnes, le 14 juillet de cette année !

— *Shit* ! Détective privé aussi ! Toutes les qualités !

— Qualité ! Je me demandais justement quelle serait la qualité de leur prestation... jusqu'à ce que la mère de Léa ait la bonne idée de choisir « Ricco & Pietri » pour notre repas d'hier soir ! Fameux ! Ils vont devenir mes fournisseurs officiels, les ritals !

— Tu n'auras pas tous les jours trente ans ! nota Esther.

— Sur mes papiers... Mais tu sais que je reste un ado éternel !

— Et moi, j'ai trente et un ans sur mes papiers. Mais je me sens usée, usée... à cause d'un...

Eddie ne compléta pas la phrase. La jeune femme retrouva son masque d'épouse blessée.

—

Une heure après la fin du cocktail, dont l'apothéose avait été la remise d'un faux disque d'or géant intitulé « *Golden Eddie : success for 30 more years ?* », Léa et Eddie s'alitèrent. Torse nu en caleçon *Walt Disney*, il observa sa compagne qui ôtait délicatement ses bas noirs. La perfection des jambes de Léa l'avait toujours émoustillé. A cet instant, il eût aimé poser ses lèvres sur chaque millimètre carré des membres inférieurs de sa protégée. Il préféra attendre la fin de l'effeuillage. Léa se dévêtit de son justaucorps, offrant au regard du jeune homme un spectacle dont il ne s'était jamais remis qu'il fût pour lui, et rien que pour lui... Entièrement nue, l'ex-mannequin semblait ne souffrir d'aucun défaut physique. Pour qui eût disposé d'une loupe et du consentement de la belle, il y aurait bien eu quelques cicatrices à relever, reliquats d'une adolescence tapageuse. Il était difficile de deviner son âge : sa peau et la pureté de ses traits interdisaient d'avancer un nombre supérieur à vingt-cinq. Mais une immense maturité émanait d'elle. Dans un an, elle aura trente ans aussi, pensait Eddie. C'est incroyable !

Léa enfila une chemise de nuit jaune-clair, presque transparente, et se lova sous le drap.

— Do-do ! fit-elle.

— Tout de suite, là ?

— Oh, je te vois venir, toi ! C'est pas des gros sabots, c'est des *boots* en béton fluo avec des clochettes amplifiées, que t'as mises ! Mais moi, trois heures du matin et une longue soirée dans les pattes : je dors !

Il se gratta la tête afin de trouver un prétexte pour prolonger leur veille. Il y parvint.

— Et le cadeau de ta maman ?
— 'L'est sur la commode…
— T'es *over*-enthousiaste, dis donc !
— T'as raison ! Je te l'apporte, lança-t-elle en s'extirpant du lit. Zou !

Eddie suivit des yeux sa démarche chaloupée vers le meuble, abaissant son sourcil pour signifier qu'il ne comprendrait jamais certains de ses comportements. Elle revint à ses côtés.

— Mon Sean Connery à moi !
— Tu laisses mon sourcil faire sa vie, oui ?
— Allez ouvre, qu'est-ce que t'attends ?
— Laisse-moi deviner : c'est un paquet cubique...

Il secoua.

— ... Ça sonne dense ! Ce n'est pas une montre – et d'abord j'en ai déjà une –, c'est un parfum ?
— Qu'est-ce que j'en sais, moi ?
— Ta mère me l'a dit, hier, que c'est toi qui l'avais aiguillée, bébête !
— Zéro-Quinze ! Par contre ! Un parfum, je t'en ai offert un, il y a quinze jours, quel intérêt ? Et hop, un *ace* ! Quinze-A ! Na !
— Bon, j'arrache tout ! décida Eddie.

A l'intérieur du paquet, un jouet : une maman crocodile orange, du nombril de laquelle sortait un bout de ficelle. Et à l'extrémité de la ficelle, bébé crocodile...

— Tomie ! s'exclama Eddie, ébahi, les yeux dans le vague.
— Une cousine, oui... Tomie, on l'a jamais retrouvée après ton déménagement ! Je pensais qu'elle te manquait !

— C'était le cadeau de mes parents pour mes vingt ans. Pour me dire que je resterais toujours leur bébé...

Il mit l'animal de plastique à terre, tira le cordon. Le mécanisme à ressort déclencha la marche de maman vers bébé, qui se rapprochait également à mesure que la ficelle se rembobinait.

Léa bredouilla.

— Ne... N'imagine pas que j'aie pu croire que... que ma mère pouvait remplacer...

Eddie posa son index sur la bouche de la jeune femme.

— Chut, Léa ! Ça me touche... sincèrement ! J'ai eu tellement de peine quand on a déballé les cartons et qu'elle n'était plus là... elle non plus...

Léa embrassa lascivement l'index de son compagnon. Ensuite, elle couvrit de baisers le reste du bras, puis remonta le long du cou, léchant sensuellement sa barbiche duveteuse avant de faire le tour de ses lèvres du bout de la langue. Le souffle irrégulier, Eddie entoura de ses mains les joues de son égérie. Ses doigts glissèrent vers la nuque, frémissant au contact de la soie des cheveux. Leurs gestes devinrent peu à peu frénétiques. Leurs nez, leurs fronts se confondirent. Ils s'embrassèrent longuement... Les couples qui s'aiment peuvent s'embrasser pendant de longs moments sans attouchements particuliers. Léa et Eddie étaient de ces couples, incontestablement. Le sexe n'est qu'un des épisodes de l'amour. Important, essentiel même... mais il ne résume pas l'histoire.

L'épisode en question commença à l'initiative de Léa. Comme en transe, elle ôta fébrilement le sous-vêtement d'Eddie, pour effleurer son bas-ventre de la joue, puis du nez, puis de la langue. Les va-et-vient de sa chevelure firent se contracter tous les muscles d'Eddie. Haletant, il sentit son rythme respiratoire s'accélérer lorsqu'une chaleur humide l'enveloppa en partie. Les ongles de Léa évoluaient en danses désordonnées sur le thorax de son amant, tantôt agrippant ses poils, tantôt frôlant l'épiderme. Avant d'atteindre le paroxysme d'une jouissance qu'on dit égoïste, ici réellement partagée, Eddie incita sa compagne à remonter vers son visage. A nouveau, ils s'embrassèrent fougueusement. Les paupières se fermaient, puis s'ouvraient vers l'horizon lointain, pupilles dilatées. Se refermaient pour se rouvrir, à l'infini. Les yeux clos font naître des lumières étrangement colorées. Les contours de la dernière image perçue s'amalgament dans un tourbillon d'auréoles blanches, puis jaunes, puis rouges, puis d'un noir plus clair que le soleil. Et tout aussi chaud, et tout aussi enivrant. Eddie plongea à son tour sous les draps pour donner réalité à son rêve de début de nuit : des chevilles aux cuisses, il n'oublia aucun pore de la peau de Léa. Puis, bras tendus sur la poitrine brûlante de la jeune femme, il s'appliqua à lui donner autant de frissons qu'il en avait ressentis. Non par devoir de réciprocité. Par amour. Simplement et sans calcul. De ses mains, sans mot, il l'invita à se tourner sur le ventre. Quelques lumières plus tard, son torse rejoignit le dos de Léa. Il glissa sa langue sous le lobe de son oreille en même temps qu'il provoquait chez elle une inspiration longue et saccadée. Ils entamèrent dans un même souffle leur chemin vers le soleil noir-clair...

—

Sous le jet tiède de la douche, Eddie versa une dose de gel parfumé à la pêche au creux de sa main, puis en badigeonna le corps de Léa. Je l'aime ! se disait-elle. C'est fou comme je l'aime, mon Eddie. Ses doigts sur ma peau, avant, pendant, après l'amour... Le tendre et le charnel qui s'entremêlent sans que l'un ne prenne jamais plus de place que l'autre. Et tous ces hommes qui me draguent, qui ne comprennent pas, qui ne comprendront jamais. Pas digne de moi, Eddie ? Pas assez beau ? C'est quoi, la beauté ? Hier les anorexiques, aujourd'hui les pulpeuses. Hier les franges laquées des *latin lovers*, aujourd'hui les crânes rasés et le bouc. Il porte le bouc, mon Eddie, et avec classe ! Mais au diable les crânes rasés ou les cheveux gominés ! Sûr, il ne sera jamais LE bel homme dans toute la splendeur de l'éphémère. Mais il doit rester MON homme. Parce que son charme simple vaut tous les prix de beauté de la galaxie. Parce que sa finesse d'esprit vaut toutes les finesses de traits. Parce que sa douceur et sa sensibilité relèguent à des années-lumière la séduction pourtant recherchée des machistes conquérants. Parce qu'il me comprend comme jamais personne ne m'a comprise, parce qu'il me parle comme jamais personne ne m'a parlé. Parce qu'il me regarde avec des yeux qui ne disent pas « aime moi » mais « je t'aime ». Parce qu'il est fou et pétri de sagesse à la fois. Pas assez beau, mon Eddie ? C'est quoi la beauté ?...

—

De retour sous le drap – changé –, ils échangèrent un regard bovin qui annonçait l'extinction des feux. Léa, allongée, fixait le plafond immaculé.

— Tu remercieras ta maman pour le cadeau ! fit Eddie en approchant sa main de la lampe. J'aurais aimé qu'elle soit là, ce soir...

— Oh ! Tu sais, ma mère n'aurait pas été à son aise parmi tous ces gens !

— Je crois que si ! C'était pas spécialement guindé, c'était détendu...

— Hum, hum...

— C'est à dire ?

— Détendus, David et Cédric... ?

— Un léger accrochage sans gravité !

— Elle déchaîne toujours les passions, Esther, je vois...

Eddie écarta l'éventuel sous-entendu d'un haussement d'épaules. Léa aurait souhaité qu'il ressasse pour une énième fois son discours rassurant sur la vie, les pages qu'on tourne, etc. Il s'en abstint, ce qui la laissa perplexe. Eddie et Esther, l'un contre l'autre au centre d'une piste de danse... Elle avait déjà vu cette scène, dans un autre contexte mais avec la même jalousie qu'en cette soirée d'anniversaire. Elle changea néanmoins, docilement, de sujet.

— N'empêche... fit-elle. Tu n'aurais pas préféré un dîner aux chandelles en tête-à-tête avec la femme de ta vie, toi, pour tes trente ans ?

— Je préfèrerai toujours les dîners en tête-à-tête avec la femme de ma vie, mon ange ! Mais j'avoue que ça fait quelque chose de se sentir apprécié !

— Apprécié, tu dis ? Rien que des rapaces ! Où est le vrai dans tout ça ? A part ton frère et... et Esther, je ne vois pas trop qui t'apprécie sans arrière-pensée parmi les invités de ce soir !

— Très aimable, merci ! bougonna le jeune homme.

— Fais pas c'te tronche ! C'est pas exactement ce que j'voulais dire, oh ! Tu sais bien...

Eddie esquissa un sourire drapeau blanc.

— Je vois, je vois... C'est bon !

Léa se tourna brusquement vers lui.

— T'aurais pas envie qu'on largue cette vie de dingues ? Qu'on se... qu'on se barre à la campagne et...

Deux taches rouges teintèrent ses joues. Eddie joua une fois encore avec son sourcil.

— Sean Connery vouloir suite phrase ! lança-t-il.

— ... Et qu'on...

— Qu'on... ?

— Ben, qu'on... répéta Léa en balançant la tête.

— Ben qu'on... ?

— ... Qu'on se marie ! finit-elle par lâcher d'un trait. Enfin, si tu veux...

— C'est le monde à l'envers, ça ! La Belle qui supplie la Bête de l'épouser, ça me flatte !

— La Bête ! Tu es vraiment stupide !

— OK, OK ! Mais j'ai encore des tas de projets pour toi et...

Léa s'emporta, la voix nouée.

— Tu trouves pas que ça suffit, les projets, les rêves ? On n'a pas tout ce qu'on voulait ? Tu cours, tu cours encore et tu cours toujours, pour moi ! Mais moi, je voudrais que tu arrêtes... que tu arrêtes de penser à moi et que tu penses à nous !

— Mais c'est notre vie, ça, Léa ! C'est ça, « nous » ! Si on change tout, qui me garantit que tu m'aimeras toujours ? Tu n'auras jamais la même admiration pour « Eddie, tondeur de pelouse dans la Creuse – même Samuel, tiens, d'ailleurs – Samuel, tondeur de pelouse dans la Creuse ! »... que pour « Eddie, *manager* brillantissime de Paris à New York ». Et vice versa... Le « nous », il a besoin de ça ! Il s'est construit là-dessus...

— C'est... c'est joli, la Creuse... Et puis c'est peut-être toi qui cesseras de m'aimer quand je me mettrai à tricoter dans la Creuse !

— C'est ce que j'ai dit : « et vice versa » ! Tu vois, tu confirmes ce que je disais !

Il approcha sa main de l'interrupteur. Léa se fit timidement insistante.

— Et... même en gardant cette vie... on se marie pas ?

— On a toute la vie pour la paperasse, si tu y tiens ! Allez, on n'y pense plus... Bonne nuit !

— Bonne nuit, mon amour, se résigna-t-elle.

Samedi 15 juillet 2000

Voix rocailleuse, mal lunée.
— Allô ?
— Oré ?
— Orényce, oui !
— C'est Léa. Je te réveille ?
— Ça s'entend pas ? C'est le *week-end*...
— Oh, excuse-moi, c'est vrai ! Tu préfères que je te rappelle lundi ?
— Non, vas-y ! Maintenant c'est fait, c'est fait ! Qu'est-ce qu'il t'arrive ?

Léa avait attendu qu'Eddie s'absente pour sauter sur le téléphone. Avec une telle impatience qu'elle n'avait pas encore eu le temps de réfléchir à l'enrobage de ses questions. Elle s'embrouilla.

— C'est à dire que... Je t'ai donné les chiffres d'Eddie, non ? Enfin, c'est pas ça que... C'est surtout par rapport à... Je veux dire, tu saurais... ? Euh... non ! Attends...
— Je crois que t'as raison, vaut peut-être mieux me rappeler lundi !

— Non ! En attendant que je remette mes idées dans l'ordre, j'ai une autre demande à te faire. Tu... tu as eu d'autres flashes sur ma mère depuis qu'on s'est vues ?

— Désolée, mais je ne passe pas ma vie à avoir des flashes sur le monde entier ! Ceux qui sont venus la dernière fois sont liés à l'énergie que tu dégageais en y pensant.

— Ah... Et là, au téléphone ? Je peux me concentrer !

— Pas moi. Et ton autre question, c'est quoi ?

Un bruit sourd puis un sifflement parvinrent aux oreilles de Léa.

— Tu fais quoi, Oré ? Y'a quelqu'un avec toi ?

Orényce ne répondit pas tout de suite. Bruit caractéristique d'un briquet...

— Non, j'ai pris une clope.

— Ah bon ! Eh bien, je vais essayer d'être claire. Mais... pourquoi je m'entends en écho ? Tu as mis le haut-parleur ?

— Non, vas-y !

Orényce ment. Elle vient de basculer le récepteur en mode mains libres. Une feuille blanche. Un stylo. Son frère émerge de derrière les rideaux de l'alcôve. Par dessus l'épaule d'Orényce, il fixe le papier encore vierge.

Une foule de réflexions se succédèrent dans l'esprit de Léa. Je ne devrais pas faire ça, je n'y crois pas... Et pourtant tout ce qu'elle dit est tellement plausible. Pourquoi est-ce que j'ai tant envie de lui demander tout ça ? Et si quelque part en moi, j'ai l'impression que ses prédictions peuvent être vraies, que va-t-il arriver à maman ? Elle fait sûrement des erreurs... Oui, c'est certain ! Mais il y a peut-être aussi des vérités dans ce qu'elle raconte. Enfin... je ne devrais pas faire ça ! Mais au fond, qu'est-ce que je risque ? Cette femme n'est pas dans ma vie ; ça ne peut pas me causer du tort. Tant pis, il faut que j'essaie. J'aimerais tellement qu'elle me rassure.

— Bon, se décida-t-elle. Je vais te donner les éléments concernant une certaine, euh... Esther, E-S-T-H-E-R. Son nom de famille est Serrano, S-E-2R-A-N-O. Elle est née un... attends !... oui, 31 mars 1969, c'est ça !

— A quel endroit ?

— A quel... ? Je sais pas ! Paris, je crois... Je sais pas !

— Important ça ! Bon, mettons Paris. Ensuite ?

— En-ensuite qu-quoi ? bégaya Léa.

— C'est tout ce que tu me donnes comme infos ? Bon... Je ferai avec. Et qu'est-ce que tu veux savoir ?

— Euh... Sa vie sentimentale... si elle va bien ! C'est... c'est une bonne copine, tu comprends ? J'aimerais être sûre que ça va, avec son mec, tu vois ? Euh... voilà !

Orényce a noté le nom. Elle écrit sur la même ligne : « bonne copine ? ».

— C'est tout ? demanda-t-elle.

— Oui...

— T'as les chiffres de son mec ?

— Non. Mais il s'appelle Cédric, C-E-D-R-I-C. Gillet, G-I-2L-E-T. Il vient d'avoir trente-cinq ans.

— Je sais écrire « Cédric », merci. Ça va pas être facile, si j'ai rien que ça, mais bon. C'est tout ?

— Oui.

— Bon ! conclut Orényce, passablement dépitée.

— Euh, non ! Vois aussi si... si elle a quelqu'un d'autre en vue que son mec ! Tu peux voir ça ?

Orényce ajoute sur le papier : « + Simplet ? ».

— Je peux tout voir. C'est une question de concentration. Quelqu'un de... connu ?

Léa expira si fort qu'Orényce ressentit son trouble.

— Euh, n-non ! C'est j-juste, euh... à tout hasard !

Elle entendit le même bruit sourd qu'au début de l'appel.

— Tu fais quoi, avec ton combiné ? interrogea-t-elle.
— Rien ! J'ai juste failli éternuer, alors j'ai mis ma main dessus...

Faux. Elle a couvert le microphone pour faire signe à son frère de se rapprocher. Elle lui désigne le point d'interrogation de sa note.

— Je te donne une réponse lundi, ça te va ?
— Euh... OK. Appelle-moi au bureau d'Eddie, avant onze heures. Il faudra me dire aussi si tu as vu entre-temps des trucs sur ma mère...

Léa énuméra les dix chiffres de la ligne directe d'Eddie chez *Giant Music*.

— Vers dix heures trente, en fait ! précisa-t-elle. Pas après : je m'en vais et Eddie arrive. OK ?

Orényce raye le point d'interrogation. Le remplace par un point d'exclamation, suivi du mot « jalousie ».

— OK ! Eddie ne doit pas savoir, c'est ça ? ajouta-t-elle avec une jubilation contenue.
— Pourquoi tu dis ça ? N-non... C'est, euh... ça n'a rien à voir ! C'est pour qu'on soit tranquilles, toi et moi...
— Bien !
— Je t'envoie trois cents francs par la poste dès ta réponse, Oré. A plus !
— C'est ça. A plus...

Retourné dans son alcôve, le jeune homme résume.

— Blanche-Neige est jalouse ! Ha ha ! Simplet et la bonne copine, donc...

Orényce fait les cent pas. Attend les instructions de son frère. Elle jette de discrets coups d'œil dans l'espacement des rideaux de l'alcôve. Il est immobile ? Non. Il joue. Wolfgang Amadeus Mozart... légèrement chahuté. Tempo élastique, volume variable, mais pas de fausses notes. Il change de registre : maintenant

Beethoven. La musique accélère, le volume prend les montagnes russes. Ludwig n'aurait pas aimé cette adaptation.
Soudain, un silence. Froissement de papier, déchirures. Une coupure de presse atterrit sur la moquette.
— *Lis ça ! ordonne-t-il. Faut jouer là-dessus, enfoncer le clou, t'entends ?*
La rouquine ramasse l'article. Sur la photo illustrant le texte, une femme rayonnante, à l'apogée de sa carrière de mannequin ; en arrière-plan, un couple, main dans la main. Orényce ouvre grand ses yeux. Une note de piano suraiguë : écouter religieusement les consignes...
— *Faut pas la rassurer, la Blanche-neige ! Faut jouer là-dessus. Tu dois, t'entends ?*
— *Oui, j'entends ! murmure la jeune femme.*
— *T'entends ? répète-t-il en hurlant.*
Elle répond, cette fois via l'émetteur suspendu à son cou, d'une voix haut perchée.
— *Oui, je t'entends !*
— *Tu dois faire de ce passé un nouveau point d'ancrage ! J'ai la carte d'un fleuriste, à Toulon... Tu te renseignes vite !*
— *Oui...*

—

L'appartement de Patrick Déhal ressemblait à une chambre d'étudiant. Ses vêtements jonchaient le sol, voisinant avec des cartons de pizzas et des canettes de bière. Sur la table de la salle à manger, un cendrier débordait de mégots de cigarettes brunes consumées au maximum. L'intolérable odeur du tabac froid semblait être incrustée à jamais dans l'air ambiant, sur les rideaux, sur le tissu déchiré du canapé...

Cigarette au bec, canette en main, Patrick Déhal se préparait à un nouveau duel avec sa fille unique qui n'avait toujours rien dit depuis son arrivée. Il cherchait son regard. Barbe poivre et sel irrégulière, cernes épouvantables sous les yeux, il accusait bien plus que ses quarante-huit ans. Personne n'eût parié un centime sur le fait qu'il était – encore – l'époux de Viviane, femme active « b.c.b.g. » exilée dans un *loft* confortable. Léa sentait une boule énorme envahir son estomac lorsqu'elle comparait, à regret, les modes de vie de ses parents séparés. Elle se souvenait du trois-pièces chaleureux, meublé avec goût par sa mère, bichonné tous les dimanches, et de l'agréable odeur d'encens qui y flottait. Elle se remémorait le peu d'intérêt de son père pour les tâches ménagères... et pour toute tâche en général. Elle revoyait Viviane pesant de toute son autorité sur la motivation perdue de son mari, lors d'éprouvants dîners en famille.

Elle se dirigea vers la fenêtre qu'elle ouvrit largement, puis entra dans les toilettes pour en sortir avec un pulvérisateur « senteurs forestières ».

— Ça sentira les chiottes mais ce sera toujours moins insupportable que la clope !

— Ça sent la clope ?

— P'pa ! Ça fait combien de temps que tu n'as pas mis le nez dehors, à part la tournée des bars ?

— Sais pas...

— Tu veux te laisser dépérir là-dedans ?

— Bôf...

— T'es obligé de... de... de boire ta bière de merde quand je suis là ?

— Ça ou autre chose, tu sais...

— Non, je sais pas, papa ! Et je veux pas savoir... ou plutôt si : je veux savoir... je voudrais savoir pourquoi tu fais aucun effort !

— Un effort... pour quoi faire ?

— Pour t'en sortir, merde !

Encore une fois, elle se laissait emporter. La violence du ton était peu compatible avec les principes que lui avait inculqués Viviane. Elle aurait voulu faire réagir son géniteur sans jamais lui manquer de respect et c'était raté, encore raté. Pourtant elle le respectait, malgré sa marginalité, malgré son laisser-aller, malgré sa décrépitude plus ou moins volontaire. Elle gardait en mémoire l'image de celui qui, vingt-trois ans auparavant et pour trois années – trois petites années seulement – s'était montré brillant, confiant. Une image que sa mère et elle n'avaient plus jamais retrouvée en cet homme las que Patrick était devenu.

— P'pa, excuse-moi, fit-elle avec une voix tremblante. Je devrais pas gueuler, je sais ! Mais j'en peux plus de te voir dans cet état !

— Tu dis ça à chaque fois que tu viens...

— Et alors ? Pour toi, ça veut dire que je l'accepte ?

— Quelque part.

— Nulle part, papa ! Jamais !

— Hum...

— P'pa, le père d'Eddie recrute des vendeurs pour son magasin !

Patrick s'esclaffa.

— Vendeur ! Ha ha ! T'as vu ma gueule ?

— Tu te rases, tu dors un peu, tu arrêtes de boire et tu seras un vendeur plus que convenable. Souviens-toi, tu as vendu des téléviseurs à la pelle ! Tes patrons te citaient en exemple !

— C'était dans les années soixante-dix, Bé ! J'avais vingt-sept balais, les dents blanches et les cheveux brillantinés. Et puis t'étais trop petite, tu te souviens pas que je me suis fait virer comme un malpropre !

— Je me souviens très bien, papa ! Et tu sais... même si j'étais gamine, j'ai eu le temps d'y réfléchir, figure-toi ! Tu crois que j'ai pas compris que tu n'as pas supporté que maman repasse devant toi, en salaire ? Tu crois que j'ai pas compris cette... cette conne de course que tu faisais avec elle ?

Patrick se raidit.

— Ah... T'as... compris ça, toi ?

— Essaye de dire que c'est pas vrai !

— Bôf...

— Je te revois rentrer à la maison, une semaine après que maman a été nommée responsable des caissières, et clamer que tu venais de demander une augmentation complètement folle ! Pas étonnant que tu te sois fait virer !

Patrick posa sa bière sur la table, fit quelques pas vers la fenêtre puis revint se planter devant Léa. Il passa ses doigts dans la chevelure de sa fille afin de ramener le doux visage vers le sien buriné. Sa petite Bérangère avait ainsi, non seulement mal vécu les heurts de ses parents, mais elle en avait appréhendé les causes profondes avec une grande maturité. Il se haïssait lui-même d'avoir mésestimé la lucidité de son enfant. Il remerciait le ciel de n'avoir pas saccagé, par son comportement erratique, la vie de Léa. Ma fille est extraordinaire... et moi, pendant des années, je n'ai su lui donner du monde qu'une vision faussée, faite de noirceur et de désillusion. De luttes stupides et de fierté mal placée. Pas d'excuses, je n'ai pas d'excuses. Mais j'ai des explications. Est-ce le moment ?

— Bé...

— Oui ?

— T'as pas vécu le reste, Bé. Avant...

— C'est quoi, « avant » ?

— Mai soixante-huit ! Les barricades, tout ça...

— Je sais que vous vous êtes rencontrés sur les barricades, p'pa. Et alors ?

— Ta mère était une sacrée meneuse d'hommes, tu sais...

Léa soupira. Patrick poursuivit.

— Oui, tu le sais... elle l'a assez rabâché ! Dès le début, elle... elle m'a... tout imposé... Tout !

Il s'arrêta.

— Et puis pourquoi je te raconte ça, moi ?

Léa posa son regard vert humide au fond des yeux de son père, fissurés par des dizaines de veinules. Elle répondit pour lui, larmes en partance.

— Parce qu'il faut bien que ça sorte un jour, p'pa... Allez, dis-moi... Raconte ! Fais sortir tout ! Libère-toi, je t'en supplie ! Si c'est trop lourd, fais sortir ! Vas-y, dis-moi...

Patrick retourna s'asseoir sur le bord du canapé, non sans récupérer sa canette et engloutir nerveusement deux gorgées. Il s'essuya les lèvres du revers de la main. Les mots chargés de lassitude s'espaçaient de longues secondes.

— Son protégé, j'étais, au début. Le copain à qui on montre qu'on est forte... le gosse qu'on emmène comme... spectateur dans des nuits de débauche. Celui dont on décide deux ans plus tard qu'il est mûr pour devenir plus qu'un copain... Celui...

Il marqua une pause, renifla, avala les dernières gouttes d'alcool et posa lentement la canette à ses pieds. Il attrapa un paquet de cigarettes fripé dans la poche de sa chemise, puis une boîte d'allumettes au même endroit. Il frotta nerveusement le morceau de soufre et fixa la flamme. Très exactement là où le bleu et le jaune se perdent dans un halo translucide. Il en était là, Patrick : chercher le vide au milieu du feu. S'y brûler quand même, mais peut-être pour la dernière fois, et exorciser enfin...

— ... Celui qu'on met... devant... devant le fait accompli quand...

Il se tut. Léa l'enjoignit à continuer, quels que fussent ses aveux.

— Dis-moi, p'pa ! Dis-moi... Je crois que je sais ce que tu vas dire, mais dis-le s'il te plaît... Dis-le !

— Elle... elle m'a imposé le mariage quand... quand elle a su que... qu'elle t'attendait, Bé...

Les syllabes prirent un goût d'eau salée.

— Un enfant ! Je... j'étais pas prêt, moi... J'avais dix-huit ans, j'étais un gosse !

Léa enfouit son visage mouillé entre ses mains. Le haut de son corps fut pris de soubresauts incontrôlables. Patrick parla plus fort, plus vite, comme pour noyer sous un torrent de mots le fardeau dont il venait de se délester.

— Pleure pas, Bé ! Je te jure que de tout ce que j'ai fait dans ma putain de vie, tu es ce dont je suis le plus fier, je te jure ! Et même si, même si je t'ai pas voulue, j'ai toujours essayé d'être un bon père, c'est vrai, je te jure !

Le débit ralentit.

— C'est quand t'es partie, après... je pouvais plus, je pouvais plus... Non... je pouvais plus !

Léa passa sa main sur ses yeux et ses joues, avant de redresser la tête. Son maquillage dégoulinait en rivières noirâtres.

— Ça fait neuf ans que je suis partie, p'pa ! Si tu n'en pouvais plus, pourquoi vous avez attendu l'année dernière pour vous séparer ?

— On... s'aime quand même... Je crois...

— Alors pourquoi vous vous êtes séparés ? Pourquoi ?

— Bôf...

— P'pa, recommence pas avec tes « bôf » ! Dis-moi !

— Ça, non... Non ! On peut pas revenir sur les erreurs du passé...

— Quelles erreurs, p'pa ? Quelles erreurs ?

— Non, Bé. S'il te plaît ! Laisse-moi garder ça... juste ça, pour moi.

— D'accord, p'pa...

Deux minutes passèrent. Léa reprit, plus posément.

— Tu as besoin que je te fasse une course ou deux ?
— Non merci, Bé. Il faut que j'arrête d'avoir besoin de quelqu'un pour vivre... Et, au fait ... comment se porte ta mère ?
— Elle se porte... bien, sans plus ! minimisa Léa. Elle est comme toujours à fond dans son boulot. Rien d'autre, ça va. Et justement pour... pour le boulot de monsieur Mekri, ça te dit ?
— Je verrai...
— Merci p'pa !
— Qui doit remercier qui, Bé ?
— C'est la première fois que tu me dis que tu vas voir, quand je te parle d'un boulot ! C'est Eddie qui va être content.
— Comment il va, lui ?
— Il court toujours : il veut que je sois actrice !
— Il a raison ! Tu es belle, pas bête, tu sais parler rien qu'avec les yeux. Pourquoi pas ?

Patrick et Léa avaient tacitement convenu que la conversation allait prendre un tour plus léger.

— C'est un travail, actrice, tu sais ! affirma-t-elle. Et un don aussi. Faut les deux !
— Si Eddie y croit, c'est que tu peux !
— Eddie y croirait même si j'étais au départ du quatre cents mètres haies aux Jeux Olympiques, c'est pas un critère !
— Eddie te proposerait pas de participer au Jeux Olympiques, Bé. Il sait ce qui est faisable pour toi et ce qui ne l'est pas ! Et vous deux, alors, ça marche ?
— Mouais... Faudrait qu'il arrête de courir, justement, pour qu'on ait du temps pour nous !
— Vous êtes ensemble, c'est déjà bien...
— C'est vrai...

Elle ne put s'empêcher de revoir mentalement le *slow* langoureux au cours duquel Eddie et Esther avaient fait montre d'une complicité indéfectible, la veille.

Dimanche 16 juillet 2000

Quatorze heures quinze.
— Tu veux des croissants ou ça ira, deux tartines beurrées ? cria Léa, de la cuisine.
— Mmmm... grommela Eddie. Avec douze... non !... treize aspirines et... et trois litres de café, s'ra très bien !
Elle se glissa dans l'entrebâillement de la porte et considéra son compagnon empêtré dans les draps.
— On t'a d'jà dit que tu faisais pitié, parfois ?
— Mmmm...
— Si par hasard il t'arrive, un samedi soir, juste un, de ne plus faire de concours de whiskies avec tes « interlocuteurs professionnels », tu arrêteras peut-être de voir tes dimanches sous trois couches de brouillard... et accessoirement, ton estomac te fera moins souffrir !
— Pas fait de concours...
— Si j'en juge par le relevé de carte bleue qui s'est retrouvé sous le canapé quand tu as vidé tes poches en titubant ce matin...
— Pas que whisky, d'abord ! Tequila aussi... Et beaucoup... beaucoup offert !

— Ça, je l'espère ! Parce que vue la somme, tu aurais bu à toi tout seul l'équivalent de six bouteilles ! Et c'était qui, ton « interlocuteur » d'hier, si ce n'est pas indiscret ?

— Si... indiscret !

Elle claqua la porte de la cuisine. Eddie s'assit à grand peine sur le rebord du lit, passa ses doigts dans ses cheveux et sur son front, puis se frotta les yeux.

— ... a...ou...è... entendit Léa derrière sa porte vitrée, qu'elle entrouvrit.

— Pardon ? fit-elle.

— Max Joubert, répéta Eddie. C'est le sien, le meilleur scénario, pour l'instant.

— Max Joubert, le *play-boy* ? Et c'est quoi le *scénar* de l'année ? L'histoire d'une astronaute-patineuse éprise d'un vieil indien juif asthmatique qui rêve de devenir star du *Bel Canto* ?

Le sourcil d'Eddie reprit sa gymnastique.

— Euh, Léa... J'ai p't-êt' picolé hier soir, mais toi t'as dû t'y mettre super tôt ce matin ! Qu'est-ce que tu m'racontes ?

— La compil' des *scénars* qu'on m'a proposés à ton anniversaire, si tu veux savoir ! Alors, tu m'excuses, mais si tous tes « interlocuteurs » sont du même calibre, je préfère...

— Joubert est un type bien ! coupa Eddie en retenant un rot inapproprié. Il est clair...

— ... Lui !

— ... Clair et passionnant lorsqu'il raconte ses histoires !

Il avait haussé la voix. Il sauta sur ses jambes, s'attacha à prouver qu'il tenait debout – non sans mal – et pointa son index vers Léa.

— Dis donc, « m'ame Bérenger », t'es partie pour me casser les noix, c'matin ?

— Euh... « Mademoiselle Déhal », je te prie ! Ou bien « madame Mekri », si tu insistes et si la mairie est ouverte.

— Je vois... fit Eddie, dépité. « Cassage de noix » au programme du jour ! Bon dimanche, Eddie !

Léa sortit de son antre en faisant rouler une table basse sur laquelle un *brunch* complet devait enterrer la hache de guerre : bols marqués « Toi » et « Moi », cafetière fumante, lait chaud, tartines beurrées, jus d'orange, œufs au bacon, fromage, yaourt, deux sucres et demi. Et un seul cachet d'aspirine...

— Allez, Prince du *Single Malt*, décrasse-toi le tube digestif !

Elle déposa un tendre baiser sur le front princier, puis prit place sur le matelas. Eddie l'interrogea.

— Tu sais pourquoi j'ai bu plus que d'habitude ?
— T'as bu plus que d'habitude ? Whaouh !
— Arrête un peu, veux-tu ?
— OK, OK... donc ?
— T'es la seule personne à qui je tiens, et qui m'a pas fait un cadeau pour m'anniversaire de trente ans !

Léa ne s'attendait pas à cette remarque, formulée dans le français approximatif propre au jeu d'enfant d'Eddie. Elle savait que cela viendrait tôt ou tard sur le tapis, mais elle avait fini par oublier de s'y préparer, quarante-huit heures après la date en question.

— Mouais... dit-elle, les yeux sur l'inscription « Moi » de son bol vide.
— T'aurais pas les boules à ma place ?
— Si, sûrement !
— Eh ben voilà...

Eddie versa du café dans son bol « Toi », y ajouta son sucre et demi, et saisit un croissant.

— Je... Non, c'est trop con ! s'autocensura Léa.
— Vas-y, lâche-toi ! T'allais dire quoi ?
— C'est trop con, je te dis !
— On en dit tous, des grosses conneries ! Allez, verse !

— Je pensais que... Je voulais te... te demander officiellement en mariage ! avoua Léa.

Eddie s'immobilisa dans une posture singulière : croissant au bout des doigts entre ses mâchoires pas encore refermées. Léa ne put retenir un fou rire.

— 'scuse-moi, Eddie. C'est nerveux !

— Me demander en mariage ? T'as raison, c'est trop con ! Et je deviendrais « monsieur Déhal » aussi, non ? Tu me porterais dans tes bras jusqu'à la chambre nuptiale et tu m'offrirais un bouquet de tulipes en ôtant ma jarretière, c'est ça ?

— Ce macho, je rêve ! D'abord, ta jarretière, quelqu'un l'aurait gagnée et embarquée dans la soirée ! Ça, c'est primo... et ensuite pourquoi ce seraient toujours les hommes qui demanderaient, hein ?

— Bon, je... Stop ! On passe à autre chose, tu veux bien ? On va pas se prendre la tête avec ça... On va dire que je t'en veux pas, tu m'offres rien, c'est pas grave, on s'aime, c'est génial, on déjeune et on va se balader, OK ?

Elle bouda.

— Je trouvais ça sympa comme cadeau, moi !

— Léa, s'il te plaît...

— OK... Bon appétit, m'n'amour !

Elle se rua sur une tartine, versa à toute allure café et lait dans son bol, avant d'ajouter son sucre à elle... Eddie croisa les bras.

— Tu me sidères, parfois, ma grande !

— On va où, se balader ? fit-elle avec une voix guillerette.

— Où tu veux.... où tu veux ! pouffa Eddie, la bouche pleine. On mange et on verra...

—

L'indien fit glisser son calumet sur ses lèvres puis entre ses dents jaunies. La fille patinait. Quelle puissance dans la voix, ce vieux sioux ! Même en fumant, même à cent pas de sa maîtresse, il parvint à lui exprimer son désir à l'aide du chant ancestral de la tribu. Une seconde plus tard, elle était près de lui, sous le *tipi*. Il s'allongea, nu comme un ver, prêt à accueillir les cuisses hâlées de la *squaw*. Celle-ci, négligeant l'invitation, retira une petite théière de leur plaque chauffante. Elle jeta une douzaine de cubes sucrés dans un verre qui ressemblait à une flûte à champagne. Puis elle sortit sa carte bleue et le vieillard lui tendit un terminal de paiement. Elle composa son code, demanda « c'est combien par enfant ? » et accepta une réponse vague. Il lui remit un récépissé, une tranche de pain et un couteau à beurre. Alors qu'il rinçait des verres à whisky, la fille lui toucha l'épaule en lui montrant le reçu tombé à terre.

— C'est pas moi ! hurla Eddie en ouvrant les yeux.

— Non, c'est moi ! répondit Léa, la main sur son épaule. Reste zen, Eddie ! Tu devais nous faire un sacré cauchemar, dis donc !

Le jeune homme palpa son front humide.

— Oh putain !

— Tu l'as dit ! Ça fait deux heures que tu te déhanches en ronflant sur ton fauteuil ! Je croyais qu'on devait faire un tour ? Il est cinq heures de l'après-midi !

— Merde ! Qu'est-ce qu'il s'est passé ?

— Tu vas pas me croire ! T'étais parti pour enfiler tes *baskets*, tu t'es assis, t'as dit : « c'est pas mal, ce qu'ils passent à la radio, là ! ». Ensuite, t'as pris l'air maxi-pro de l'agent qui écoute pour cerner les influences du morceau et t'as plongé ! C'est tout bête !

— Désolé pour la sortie ! bailla-t-il.

— Sois pas désolé, va ! Hervé ne va pas tarder à arriver et on va sortir quand même ! Il fait encore jour pour au moins quatre heures !

— Pfft...
— Quelle ardeur !

Eddie se leva et se dirigea vers la salle de bains. Devant la porte vitrée, il lança :

— Hé, Léa...
— Oui, Eddie ?
— Ces derniers temps... pourquoi on revient tous les jours sur les mêmes sujets ? Et pourquoi t'es de plus en plus ironique avec moi ? J'ai fait quoi ?

Léa commenta et répondit consécutivement à chaque question.

— Ça te prend comme ça, après la sieste ? Ben, euh... le temps qui passe... l'âge, sûrement. Mais je ne suis pas plus ironique que d'habitude. Et... non, t'as rien fait, Eddie. Rien...
— « Rien... justement », c'est ça que tu sous-entends ? Parce que je repousse le mariage et les enfants ?
— Très fort ! J'ai pas parlé d'enfants, mais effectivement, ça peut être dans mes intentions... Tu vois que tu comprends, finalement !

Eddie revit l'image onirique du vieux sioux encaissant la somme requise pour chaque procréation, puis se rassit sur le lit.

— Pssst ! Viens voir par ici !

La jeune femme, vêtue d'un *short* en *jeans* et d'un cache-cœur bleu-ciel, déploya sa silhouette longiligne jusqu'à lui.

— Assieds-toi, lui demanda Eddie. Regarde ce coussin !
— Qu'est-ce que tu vas encore m'inventer ?

Il empoigna la taie et la plaqua sur le visage de Léa. Celle-ci se retrouva sur le dos, inoffensivement étouffée par son auteur attitré. Elle gloussa.

— E''ie ! 'est-ce 'u fais ?
— Ça se voit pas ? Je te tue, mon amour !

Elle se débattait au ralenti.

— A''ê'e ! 'u m'é'ouffe ! Aaaah ! 'e meu's !
— E meu ?
Il souleva l'oreiller pour mieux comprendre.
— Je meurs ! Pauv'débile ! répéta Léa en lui donnant une claque sur l'avant-bras.
Eddie reprit son œuvre de criminel du dimanche, goguenard.
— Crève, charogne ! Ah, tu veux des enfants ? Combien ? Dis un chiffre, que Dieu t'entende et t'exauce au Paradis !
— 'ei'e !
— Sept ?
Incrédule, il s'approcha en desserrant l'étreinte.
— Non, seize, *cretino* ! hurla-t-elle.
— Seize ? 'vas pas bien, toi ! Allez, lève-toi ! Tu vois bien que, enfant ou pas, tu refuses la mort pour rester auprès de moi !
Léa reprit son souffle puis se blottit contre lui.
— Tu vois, quand tu veux, t'es câline !
— Moi câline, moi féline... Miaou !
— Félin, canin... Whaff ! aboya-t-il en léchant ses babines.
Il ajouta, bien contre son gré :
— Gaargl !
La femme de sa vie venait d'encercler son cou entre deux fois cinq doigts. A son tour, elle le coucha sur le matelas, l'enjamba et pesa de tout son poids sur sa victime. Echange de bons procédés.
— Tu me tues, je t'étrangle ! Et là, tu dis quoi, à part « Gaargl ! » ?
— Ammmff !
— C'est pas un argument recevable pour une amnistie, ça : « Ammmff ! » ! Alors ?
— Hgehhh ! 'âche-'oi !
— C'est mieux, mais pas encore *top*. Essaie encore, genre plus poli !

— 'âche-'oi, 'il 'e 'laît !

Elle le libéra.

— Tu vois, quand tu veux ! Ça en deviendrait presque touchant ! Comme c'est romantique, un mec qui déglutit !

Eddie tentait de recouvrer une salivation normale. Il toussa.

— T'es lourde, Léa ! Je veux bien me laisser faire pour le *fun*, mais n'appuie pas si fort, merde !

— Petite nature !

Il fronça – encore et toujours – son sourcil droit et affecta un sourire de *crooner*.

— Moi, « petite nature » ? C'est pas ce que tu disais quand on a... hé hé !

— « Simulation », ça te dit quelque chose ? provoqua Léa.

— Mais bien sûr ! Tu sais, il m'arrive de simuler, moi aussi !

— Qu'est-ce que tu simules, affreux ? T'es un homme !

— Et alors ?

Son sérieux surprit Léa.

— Et alors... ? Ben, Eddie ! Tu sais bien, quoi ! Tu... tu...

Elle fit un élégant va-et-vient du poignet, puis mima une sorte de geyser.

— ... Donc, c'est la preuve que tu as du plaisir, et donc tu peux pas simuler !

— Ben tiens ! C'est *over*-complexe pour tes « cellulites grises », mais je résume : je simule justement lorsque j'éjacule – le mot est lâché – en te faisant croire que je voulais te donner du plaisir, alors que j'ai pensé qu'à moi ! Je me... hum... « vide » égoïstement, si tu préfères... hum ! Ça t'en bouche un coin, notre façon de simuler à nous, les hommes, hein ?

— Tu fais ça ? s'insurgea Léa, décomposée.

— Autant que toi...

— J'en reviens pas que tu m'aies fait chanter « on simule, est-ce qu'on a le choix ? » dans *Cœur de* !

— Tu crois vraiment que je pensais à ça en écrivant *Cœur de* ? Mais maintenant que tu le dis... Quelle horreur !

Il dansa vers la salle de bains, satisfait de son effet. Elle le rattrapa verbalement.

— Eddie !

— Voui, mon ange ?

— Viens-y voir par ici avant d'aller mouiller ton corps gras !

Il fit un demi-tour, s'approcha et pointa son index vers elle.

— J'ai pas un corps gras, méchante fifille !

Léa lui lança l'oreiller meurtrier.

— Et moi j'ai pas de cellulite, ni grise, ni pas grise ! Tiens-toi le pour dit !

Une hystérique bataille de polochons débuta. Déplacements hachés, coups d'œil furtifs : un véritable court-métrage d'avant-guerre, en noir et blanc... le son en bonus ! Eddie se réfugia derrière une chaise, tandis que Léa se terrait derrière le lit. Les coussins faisaient l'aller-retour entre l'un et l'autre.

— Tiens, pour ma cellulite !

— Tiens, pour mon corps gras !

— Prends ça, pour tes éjaculations égoïstes !

— Et toi, pour ta simulation !

— Pour la mairie qui nous attend toujours !

— Pour tes seize enfants !

Au même instant en accord parfait, tous deux s'élancèrent sur le sommier, nez à nez, puis à bras-le-corps dans un pseudo-pugilat. Coup de gong virtuel et concerté, cessation des hostilités : ils s'allongèrent, parallèles.

— J'ai gagné, proclama Eddie, pantelant.

— Non, moi !

— Match nul ?

— Match nul ! trancha Léa.

—

A cinq heures vingt-cinq, la sonnerie du téléphone retentit. Hervé regrettait, la voix chancelante, de ne pouvoir venir, retenu par plus urgent. Léa refusa qu'il s'excuse, précisant qu'elle comprenait et lui rappelant qu'Eddie et elle seraient, de cœur, avec lui malgré son absence. Elle lui proposa de prendre sa journée du lundi. Il préférait cependant, malgré la nuit pénible qui l'attendait, enchaîner sur une journée « normale » pour ne pas rester enfermé dans sa cage de tristesse. Le prénom d'Arnaud ne fut jamais cité. Cette omission était d'usage entre Hervé et ses employeurs, depuis le jour – le seul – où il avait fait état de la lente agonie de son ex-compagnon de route.

Léa raccrocha. Eddie décela une perle liquide sur sa joue. Il laissa défiler dans son esprit ces formules toutes faites, inopportunes, comme « ça va s'arranger »... Ça n'allait pas s'arranger ! Ça allait même empirer, tragiquement et inexorablement. Et peu leur importaient les défections répétées de leur chauffeur ; c'est la souffrance de leur ami qui les plongeait dans l'affliction, par procuration.

La sortie dominicale était annulée de fait. Cinq minutes s'écoulèrent, chacun restant immobile et silencieux. Léa prit l'initiative de la détente. Un comportement presque normal – la vie ! – pour vaincre, tant qu'ils le pourraient, l'ombre de la mort.

— Raconte-moi une histoire drôle, Eddie !

L'agent considéra son artiste favorite avec le regard concerné du lutteur de sumo à qui l'on demande de sauter à la perche.

— Tu sais bien que j'ai du mal à les retenir, Léa. Par contre...
— Par contre... ?
— J'ai failli oublier que j'avais eu une idée géniale ! reprit-il.
— Vas-y, balance l'idée géniale, que je me gausse !
— Ton image !
— Mon image ? Qu'est-ce...

— Faudrait la cultiver : j'ai pensé à un *fan-club* officiel et...
— Stooop ! Je t'arrête tout de suite, il n'en est pas quest...
Eddie n'eut cure de l'interruption.
— ... Des produits dérivés à ton effigie : parfums, foulards...
— ... Slips, capotes, pare-soleil, papier hygiénique... Mais ça va pas bien dans ton crâne ? cria Léa, martelant son index sur sa tempe. Même le *fan-club*, c'est une connerie ! J'en ai déjà, OK ! Mais « officieux » comme tu dis ! Moi, je ne veux pas cautionner une image d'extra-terrestre sur un piédestal. Je suis une femme comme les autres, merde !
— Pas... tout à fait ! nota Eddie en faisant pivoter sa main.
— Tu m'as comprise, ne joue pas au débile !
— Bref ! Ça se fait pour certains chanteurs de *Giant Music*, d'après ce que m'a dit Esther !
— Bing ! « L'ex de la famille » a encore frappé ! s'écria Léa.
Les mots qui blessent. Eddie prit un ton ferme.
— Hé, Léa ! Tout, mais pas ça, OK ? N'emploie pas les expressions des cons ! C'est du passé, tout ça ! Pour moi – comme pour David d'ailleurs –, ça fait deux ans que c'est fini ! Moi, ça m'énerve et lui, ça lui fait mal ! Alors, que je ne t'entende plus jamais dire ça ! D'accord ?
Elle fit amende honorable, tête basse.
— Excuse-moi...
Au fond d'elle malgré tout, elle ne comprenait pas l'emportement d'Eddie. N'avait-il jamais songé que Léa avait mal vécu les deux années de vie commune d'Eddie et Esther ? Qu'elle jugeait parfois ambiguë cette amitié qui perdurait ? Qu'elle en garderait les stigmates encore longtemps, comme ce pauvre David auprès duquel Esther s'était consolée fugacement après le départ d'Eddie ? Que les orages du couple Serrano-Gillet, secret de *Polichinelle*, n'arrangeaient rien, bien au contraire ?

—

Une certaine sérénité revenue, Léa prépara un plat de tagliatelles sauce « Déhal » – secret de famille. Ils s'attaquèrent ensuite à la vaisselle, en tandem. Léa frottait, Eddie essuyait. Elle décréta très vite qu'il était temps de permuter. Eddie, bien que peu porté sur ce genre d'exercice, assuma l'esprit égalitaire dont il s'était toujours fait le défenseur. En récompense, Léa n'eut de cesse de le charrier au sujet des produits dérivés estampillés « Léa Bérenger » : coquetiers, ronds de serviettes, sets de table, gâteaux secs... tout ce qui traînait dans la cuisine y passa.

Addictions

Lundi 17 juillet 2000

C'est un visage maussade qu'arborait Léa lorsqu'Eddie la retrouva dans son bureau chez *Giant Music*, vers onze heures. Pour tout accueil, il n'eut droit qu'à un « re-bonjour » assez sec. Cela ne le frappa pourtant pas outre mesure : le fait était rare, mais il arrivait à la jeune femme d'entrer dans de subites phases d'introspection, sur lesquelles elle supportait mal d'être questionnée. Cela pouvait durer une heure ou une demi-journée, mais pas plus. Il ne lui demanda donc pas si elle avait eu le temps de lire les synopsis empilés sur son bureau. Pas plus qu'il ne s'inquiéta qu'elle lui rendît ses clefs sans un mot.

Elle se posta devant l'ascenseur avec sa mine des mauvais jours, se répétant mot pour mot les phrases chocs d'Orényce qui l'avait appelée à l'heure convenue : « Pour moi, cette Esther a une vie sentimentale partagée. Un de ses amis y joue un grand rôle... d'amant, je pense. Je sens que tu ne m'as pas posé cette question par hasard. Le hasard n'existe pas. La liaison de cette Esther va te toucher de très près. Sois prudente ! ». Eddie ou David ? pensait Léa. David ou Eddie ? Me toucher de très près...

—

Eddie corna la page du manuscrit qu'il feuilletait, pour répondre au téléphone.
— Allô ?
— Chouchou ? Ta femme est partie ? Je t'attends ! fit une voix féminine.
Surpris, il réagit sans mesurer complètement la situation.
— Euh... Léa vient de partir, oui... Mais que...
Ayant réalisé tout en parlant, il se ressaisit.
— Qu'est-ce que c'est que... que cette histoire de... de « femme partie », là ?
Instinctivement, il consulta l'afficheur : numéro anonyme ! Tant pis pour la petite enquête qu'il aurait pu être instructif de mener.
— C'est pas Chouchou, là ? demanda la voix.
— Ah non, c'est pas Chouchou, là ! Ou en tout cas, pas le vôtre !
— Tu me fais une blague, Chouchou ! Je reconnais ta voix ! Alors, tu le quittes, ton studio et tu viens ?
— Mais je ne suis pas Chouchou, je vous dis ! affirma-t-il de façon plus convaincante.
Cette femme s'était manifestement trompée d'extension parmi les numéros directs des bureaux et studios de *Giant Music*. Immédiatement, Eddie pensa à l'immonde Cédric Gillet dans le rôle de Chouchou. Il écarta cependant cette hypothèse, Cédric n'ayant pas du tout le même timbre de voix que lui. Ce qui le poussa à approfondir, à la fois curieux et moraliste.
— Ecoutez, madame... mademoiselle ?
La réponse supposée se limitait à une alternative entre les deux appellations. Mais...
— Esther ! Oh, je suis bête : je dis mon nom !
Elle se ravisa tardivement, piteuse.

— C'est « mademoiselle »...

Eddie avait eu un soubresaut. Mais ce n'était évidemment pas Esther Serrano-Gillet, qu'il eût reconnue. Le prénom était donc plus courant qu'il ne le croyait.

— Ecoutez mademoiselle Esther : qui que soit Chouchou, ce que vous faites n'est pas bien !

— Ce que je fais ? Quoi ?

Chouchou aimait les niaises. Et jeunes aussi, *a priori*. Eddie adopta un phrasé de grand frère solennel, quoique attendri par la candeur de son interlocutrice.

— Voyons, Esther ! Vous appelez un homme marié, sur son lieu de travail... et en vous trompant de numéro ! Vous ne voyez pas où est le mal dans tout ça ? C'est déjà pas génial pour sa femme, mais si en plus vous donnez des indices !

— Des indices ? Mais... vous allez rien dire de cette liaison ?

— Mais non, voyons ! Je plaisantais... Je ne sais même pas qui est Chouchou !

Il réprima un fou rire.

— Vous allez rien dire, alors ? répéta la voix tremblante.

« Elle est vraiment bête ou quoi ? » pensa Eddie. Il la rassura. C'est la vie, après tout. Pouvait-il empêcher les adultères du monde entier ?

— Mais non, bien sûr que je ne vais pas raconter cette liaison, enfin ! Calme, Esther... Ca-a-alme !

Eddie entendit la porte de son bureau claquer derrière lui.

— Merci ! s'empressa-t-elle. Vraiment merci, monsieur...

Elle raccrocha. David avança, les traits durcis.

— C'était qui, au téléphone ?

— Une erreur !

— T'es bien volubile avec tes erreurs, Sam ! Si j'ai bien entendu ce que j'ai cru entendre de ta dernière phrase...

— Tu en concluras ce que tu auras cru conclure ! fit Eddie, narquois. « Volubile »... Non, mais hé ! Tu me fais quoi, là ?

Il ne se souvenait même plus de sa dernière phrase au téléphone. Mais elle ne pouvait être qu'anodine. Du moins ne voyait-il pas ce qui pouvait mettre David dans cet état.

— On verra plus tard, maugréa ce dernier.

— Et tu étais venu dans mon bureau pour quoi, frérot, à part ça ?

— Elle est bonne, celle-là ! s'exclama David. J'étais à la salle info et c'est toi qui m'as fait demander par le standard !

— N'importe quoi !

— Appelle le standard si tu m'prends pour Jeanne d'Arc !

Eddie s'exécuta, soucieux d'élucider pour une fois le mystère du comportement de son frère, ce lundi.

— Anna ? C'est Eddie à l'appareil. Quelqu'un a fait appeler mon frère de ma part ?... Ah bon ? Et il n'a pas dit son nom ? Bien... OK ! Merci, Anna !

Il raccrocha.

— Y'a un « *schmurtz* » !

— Ça fait deux ! murmura David entre ses dents.

— Quoi ?

— Non, rien...

Etrange matinée : d'abord le mutisme glacial de Léa, ensuite le coup de fil de cette jeune femme à la recherche de son « Chouchou », puis ce mystérieux appel au standard et pour finir, les insinuations de David. Eddie avait bien trop à faire pour s'embarrasser d'une réflexion de fond sur ces événements. Il profita de la présence de son cadet pour revenir sur le *scoop* dont Esther lui avait fait part quelques jours plus tôt.

— Alors, *brother* ! J'ai appris que tu te mettais à la compo...

Les joues de David auraient pris une teinte rougeâtre si la couleur brune de sa peau l'avait permis. Sa gêne se traduisait

toutefois par la fuite de ses yeux. Il se contenta d'un grognement en guise d'unique réponse.
— Mmmm...
— Tu me fais écouter ?
— Gégé est pas au studio et j'ai rien sur moi. Tu veux entendre quoi, d'abord ?
— J'sais pas, moi ! Tes meilleurs morceaux, le style de ce que tu fais...

David était convaincu du scepticisme de son aîné quant à son talent. Pour les gens qui croient nous connaître, pensait-il, on n'est qu'un personnage figé avec son lot immuable de qualités et défauts. Tout ce qui sort de cette appréhension initiale n'est que broutille ou passade. Les parents dont le fils ou la fille veut faire du théâtre par exemple, sur le tard, ont tendance à le ou la dissuader de s'investir dans ce qu'ils estiment être utopique. De même, les amis essaient toujours d'évaluer les risques à votre place lorsque vous rêvez d'une réussite hors normes. A coup sûr, Eddie considérait l'activité artistique de son frère comme une lubie passagère, pire peut-être : comme une tentative désespérée de rivaliser avec lui. L'auteur contre le compositeur ! Le professionnel confirmé face à l'amateur débutant ! David était amateur, il l'assumait et ne se serait jamais targué d'être musicien. Il se déclarait simplement « mélodiste et pré-arrangeur », c'est à dire faisant de son mieux pour donner une idée du style souhaité sur ses créations d'autodidacte. Un véritable professionnel partirait de cette base pour en faire un morceau propre, tâche dont Gérard s'acquittait avec motivation. Ce n'était ni une utopie, ni un affrontement avec Eddie sur son terrain de prédilection !

David attrapa une gomme et se mit à la triturer entre ses doigts.
— C'est Esther qui... ? demanda-t-il sans finir sa question.

— Tout Paris était au courant, sauf moi, c'est ça ? Mais oui, c'est Esther, voyons ! Qui d'autre ?
— 'Fait chier, elle !
— Ton amie Esther dit que tu es un génie et toi, tu dis qu'elle fait chier ! Drôle de façon de la remercier !
— Elle dit ça ?
— Ne fais pas l'étonné ! Si Esther dit que « Dada est un *genious* », c'est qu'elle a écouté. Et si elle a écouté, elle a commenté. Comme elle n'est pas du genre à mâcher ses mots...
— C'est spécial, elle et moi...
Eddie récupéra sa gomme entre les mains de David et la pointa vers son jeune frère.
— Tu crois qu'elle t'aurait couvert de louanges uniquement parce que c'est « spécial », elle et toi ?
— Vous êtes tous persuadés que j'suis qu'une espèce de sale mec susceptible !
— Voyons : Sale... non, je crois pas. Mec... oui. Susceptible... n... oui ! Mais quoi qu'il en soit, Esther ne s'encombre jamais de diplomatie dès qu'il s'agit de musique !
— Mmmm...
— David ! Je suis peut-être, comme tu le disais tout à l'heure, « volubile », mais toi tu devrais faire le *casting* pour le rôle de *Bernardo* dans le prochain *Zorro* ! C'est pas une « espèce de sale mec susceptible » que tu es, c'est tout ça à la fois, plus une « espèce de frère sauvage asocial » ! Fais un effort, putain de bordel de merde !
— L'auteur vedette est un vrai poète, je vois...
— Bon, j'ai compris : tu fais ta gueule comme d'hab', je laisse tomber... pour aujourd'hui ! Ceci dit, quand est-ce que je puis espérer écouter vos compositions, monseigneur *Bernardo* ? Et me réponds pas par un mime, s'te plaît, j'suis pas *Don Diego* !
— Arrange-toi – c'est le cas de le dire – avec Gégé !

— Et en plus t'es drôle ! Que de qualités nouvelles ! se moqua Eddie avec dépit.
— Tu me lâches les burnes, *Big Brother* ?
L'aîné sortit de ses gonds.
— T'arrêtes ce ton avec moi, David ! Je voudrais juste qu'on aie une vraie discussion, tranquilles. Et t'aider, si possible...
— Je t'ai déjà dit de cesser de jouer au protecteur qui tend la perche à son pauvre frère incapable de se débrouiller seul, Sam !
— Toi, tu commences à m'emmerder sérieusement ! Mes aides n'ont jamais été destinées à trouver des contrats à un frère incompétent, mais à présenter un frère hyper doué à des gens qui avaient besoin de lui, c'est tout ! Et là encore, je n'ai d'autre intention que d'écouter ton travail et, s'il me plaît – seulement s'il me plaît –, de te proposer de collaborer avec moi !
A ces mots, David prit une attitude plus posée.
— Tu... tu prépares un nouvel album pour Léa ?
— David ! Là oui, tout Paris est vraiment au courant : tu sais bien que je voudrais lancer Léa au cinéma. La musique d'un film, c'est primordial !
— Donc tu vas monter le projet, tout seul comme un grand. Tant qu'à faire, tu pourrais écrire le scénario, les textes de la B.O., réaliser le film... Pourquoi pas faire l'affiche, maquiller les acteurs ? T'es *Superman*, toi ! C'est quand que tu délègues ?
Eddie sourcilla : sous la causticité habituelle de leurs joutes verbales, les germes d'une vraie conversation, constructive, qui plus est.
— Je n'ai prévu ni d'écrire le scénario, ni les paroles des éventuelles chansons, ni de réaliser le film, frérot ! Ceci dit, tu as peut-être raison, j'essaie de contrôler un peu trop la situation en maîtrisant tous les maillons de la chaîne. Ça mérite réflexion !
— Eh bien, « réfléxionne » ! Tu as encore besoin de moi ou je peux retourner à mes ordinateurs ?

David se leva sans attendre la réponse. Eddie l'apostropha.
— David !
— Mmmm... ?
— On va pas s'en sortir tous les deux...
— S'en sortir ? D'où ?
Eddie plongea son regard dans celui de son frère.
— « Réfléxionne », toi aussi. On en reparle.
— Mmmm... fit David en s'éloignant.

Eddie retourna à son fauteuil, puis démarra son ordinateur. Il ouvrit le dossier « Projet Ciné Léa », sélectionna le fichier « Compositeurs » et ajouta une ligne à la liste des noms : David Mekri. Dans la colonne « Potentiel », il attribua la note « *** » puis effaça. Pas de passe-droit, même si Esther est de bon conseil, se dit-il. J'ai promis à David de rester réglo. Je ferai comme j'ai dit : j'écouterai impartialement, si je le peux. Ne pas hésiter à lui dire que je n'aime pas... surtout ne pas hésiter ! Il attend tout, sauf de la condescendance. Mais je suis certain que ses musiques sont extraordinaires. C'est un artiste, mon *brother* ! Si on finissait par se comporter normalement et travailler ensemble, ce serait tellement bien ! Ce n'est pas concevable qu'il n'ait pas aussi cette envie... Combien de temps qu'on n'a pas communiqué sans se balancer des vannes en permanence ? Deux ans, je crois : depuis que j'ai quitté Esther... ou plutôt qu'elle s'est considérée comme quittée parce que j'avais emmené Léa aux Etats-Unis. Je n'y suis pour rien si elle a trouvé en David un réconfort et si ça n'a pas duré : c'est ce connard de Cédric qui la lui a piquée ! Ça, je comprends que ça l'énerve. A moins que... à moins que sa rancœur ne remonte à bien avant... lorsqu'il m'a présenté Esther, il y a quatre ans ! Il la voulait à l'époque, c'est évident. C'est moi qu'elle a préféré, mais qu'est-ce que j'y peux ?

En attendant de statuer sur le bien-fondé d'une maîtrise totale du « Projet Ciné Léa », Eddie ouvrit le premier des dix nouveaux manuscrits qu'il avait reçus. A l'écran, dans le fichier « Scénaristes », la note « **** » figurait en prolongement de la ligne « Maxime Joubert : *Robe de Cendres* ».

—

— Alors ? demanda Léa en sucrant le thé de son invité.
Hervé, les yeux vitreux, releva la tête. Garder sa dignité.
— Pas de mieux notable...
— Et toi ?
— Secondaire, ça...
— Hum... Hervé. Tu es sûr que tu ne veux pas ta semaine de repos ?
— Non merci, Léa. Il faudra juste « passer » sur mes cernes, le matin.
— Secondaire aussi, ça, Hervé ! Tout ce que je veux, c'est que tu ne flingues pas ta santé, c'est tout !
— Si tu savais à quel point ma santé m'importe peu !
Léa posa sèchement la théière.
— Non, ça, par contre, je ne peux pas te laisser le dire ! Ni même simplement le penser, Hervé ! Tu n'as pas à t'autodétruire sous prétexte que tu ne peux modifier le cours des événements. Tu n'es pas responsable des erreurs de...
Elle s'arrêta net.
— Excuse-moi Hervé, ça ne me regarde pas...
— C'est rien...
— Une chose est certaine : c'est cruel, mais s'il doit arriver malheur, la vie continuera pour toi et tu ne peux pas te laisser dépérir ! Si tu connaissais mon père, qui fait ça depuis trente ans, tu saurais combien c'est affligeant... et débile ! Pardonne-moi mais c'est le mot exact !

— Tu m'as raconté…

Il profita de l'occasion pour changer de sujet.

— Tu l'as vu récemment, ton père ?

— Oui. Il y a du progrès. Monsieur Mekri a un poste de vendeur à pourvoir et papa va y réfléchir !

— Vendeur au… au magasin ? De vêtements ?

— Oui, pourquoi ?

— Léa, c'est un jeune qu'il faut ! Monsieur Mekri fait dans la fringue « mode » ! Ton père ne sera pas crédible, quelles que soient ses qualités !

— Tu crois ? s'inquiéta Léa.

— Malheureusement, je suis même sûr !

— Zut ! Je fais quoi, moi, maintenant qu'il y pense, papa ?

— C'est déjà bien qu'il soit disposé à retravailler. Il ne te reste plus qu'à trouver autre chose. Ça ne devrait pas être trop compliqué pour toi !

— C'est à dire, euh… je ne voudrais pas le pistonner… pas trop ! Là, ça restait dans la famille.

— Tu auras un minimum à faire, avec les trous qu'il a dans son CV, d'après ce que tu m'as dit. Il faudra un petit coup de pouce !

Le chauffeur reprenait des couleurs depuis son arrivée chez sa patronne. Il la complimenta pour la qualité de son thé. Elle répondit qu'elle n'y était pour rien, mais qu'il pouvait rédiger un courrier au fabricant, à défaut au distributeur qui n'était autre que l'employeur de sa mère. Elle exposa alors l'angoisse qu'elle ne pouvait dissiper en ce jour de notation annuelle au magasin. Elle ajouta que la prédiction d'Orényce coïncidait avec cette période charnière. Hervé cita une fois encore toutes les bonnes raisons qu'elle avait de mettre un terme à ces inutiles séances de voyance. Léa toussota, but un peu de thé et se décida à avouer sa dernière initiative, qu'elle regrettait déjà après sa saute d'humeur de la matinée à l'égard d'Eddie.

— J'ai... j'ai appelé Orényce pour lui demander, à mots couverts, des trucs sur, euh... Eddie et moi... enfin, presque...

Elle grimaça comme si elle redoutait un châtiment verbal. A juste titre.

— Là, tu commences à m'inquiéter, Léa ! Comment est-ce possible ? Une telle accoutumance en quelques jours !

— J'ai pas pu m'empêcher ! J'ai besoin de savoir si...

— Stooop ! Vie privée : la mienne, la tienne propre si tu veux, mais à partir du moment où ça ne touche pas la vie de couple de mes employeurs ! Si tu n'y vois pas d'inconvénient...

— Je... Tu as raison, admit Léa.

Elle ramena la table basse à roulettes dans la cuisine, revint s'asseoir près d'Hervé et entreprit d'alléger l'atmosphère avec leurs souvenirs communs.

— Tu te rappelles, New York ? C'te boîte de fous où on s'est rencontrés ?

— *Gay*, pas « de fous », s'il te plaît ! corrigea Hervé.

— Tiens ! Puisqu'on y est, faut que tu m'expliques : est-ce qu'être homosexuel implique forcément de se pointer en discothèque fringué à moitié en La Fayette – la veste et la perruque – et à moitié en string, bas-résilles et talons hauts ? Les *Drag Queens*, tout ça... Je pige pas le message !

— Pourquoi te faut-il absolument un message ? D'abord, les *Drag Queens* ne sont pas tous homos, loin de là... En plus, tu généralises sans voir les quatre-vingt-dix-neuf pour cent de non-excentriques. D'ailleurs, ça n'existe pas les hétéros excentriques ?

— Dans les boîtes hétéros, si tu me permets d'insister, y'a des tas de cons qui matent les nanas, mais y'a que très rarement cette notion de déguisement.

— Tu viens de le dire : les mecs des boîtes hétéros sont souvent « en chasse » ! Ce n'est pas la fête qui prime, c'est le « plan cul », si tu me permets à mon tour. Nous, on se respecte et on sort avant tout pour délirer ! Là, on retrouve les excentriques, et parfois un folklore particulier...

Le carillon annonça la venue de David. Il devait enrichir le site Internet de *Giant Music* avec les photos de l'anniversaire d'Eddie, pour démontrer la bonne humeur des équipes de la maison de disques. Son humeur à lui était mitigée. Il se donna une contenance face à Léa, malgré ses soupçons depuis « l'incident téléphonique » du matin dans le bureau d'Eddie.

— Bonjour Léa, fit-il. Bonjour Hervé. Sam a laissé une enveloppe pour moi, je crois !

— Très juste ! Tu vas bien rester cinq minutes, le temps que je la cherche ?

— Si tu veux...

— Il reste du thé ! Ça te dit ?

— Volontiers ! Merci Léa.

— Je fais le service, proposa Hervé, pendant que tu cherches l'enveloppe.

— N'importe quoi ! protesta Léa. Toi, tu es invité, tu restes assis et tu me laisses jouer à la femme d'intérieur. Non mais !

Hervé s'inclina, main sur la tempe, caricature du soldat soumis et fier de l'être.

— Chef, oui chef ! Alors, David, comment ça va ?

— On fait aller...

— Toujours aussi causant !

Malgré leurs caractères opposés, David et Hervé étaient devenus complices depuis quelques mois, à la faveur d'un quiproquo qui les amusait encore : peu habitué à la gentillesse et à la délicatesse perpétuelles d'Hervé, David croyait que le chauffeur le trouvait à son goût. Lors d'une soirée, il avait entamé une mise au point grotesque, pur style machiste : « Ecoute Hervé, je sais pas ce que tu veux exactement, mais faut que tu saches que y'a pas moyen, tu comprends ? ». Il s'était senti complètement ridicule devant l'énorme éclat de rire d'Hervé. L'équivoque levée, la suite avait consisté en une compétition de vodkas-orange, d'éclats de rire et de philosophie sociale de comptoir. Dès le lendemain, ils ne pouvaient plus se croiser sans échanger un large sourire tout en allusions tacites. Précisément celui qu'ils s'adressaient à présent, chez Léa.

— Pourquoi tu veux toujours que je cause quand j'ai rien bu ? fit David avec un clin d'œil.

— Cheeef ! hurla Hervé à l'attention de Léa. Une vodka-orange à la place du thé pour le m'sieur informaticien, siouplaît !

La jeune femme revint de sa chambre avec une enveloppe brune.

— Qu'est-ce qu'il y a ? demanda-t-elle.

— Rien, répondit David. Y'a juste l'chauffeur qui pète un boulon !

Hervé souriait. Léa se félicita de lui avoir remis du baume au cœur avec la contribution de David.

— Voilà les photos, David ! Tiens...

— Merci !

Elle prit place à ses côtés, impatiente de connaître son choix quant aux prochaines images du site Internet. Elle se réjouissait de les découvrir en avant-première. Hervé racla sa gorge.

— Comme femme d'intérieur, tu te poses là, Léa. Tu n'aurais pas oublié le thé de David ?

— Oh, zut ! C'est vrai, reconnut-elle. Je n'y arriverai jamais !

Lorsqu'elle revint, David faisait la moue à la vue d'une des épreuves. Elle se pencha sur son épaule ; la photographie représentait Esther donnant le bras à Cédric en début de soirée. Au deuxième plan, David observait cette « comédie médiatique » avec un regard qui en disait long sur sa jalouse désapprobation. Plus troublant était le troisième plan : Eddie posait sur le couple Gillet... exactement le même regard que celui de son frère cadet. Léa savait les sentiments que David éprouvait toujours pour Esther. Elle fut frappée par la similitude des expressions, David l'ayant également notée au premier coup d'œil. Un malaise s'installa, que la sonnerie du téléphone cellulaire de David n'apaisa pas. Bien au contraire...

— Allô, fit-il. Bonjour, Esther. Oui... euh, non ! Quoi ?! Des quoi ? Mais non, c'est pas moi ! Comment elles sont ?... C'est pas vrai ? Y'a pas de mot, pas de carte ? Ça vient d'où, de Toulon ? Tu sais pas ? T'as pas interrogé le livreur ? Mais c'est pas moi, je te jure ! OK ?... Hé, mais non, pas OK !... Allô, allô... Esther ?...

Esther avait raccroché.

— Qu'est-ce qu'il se passe ? s'inquiéta Léa. Enfin, ça me regarde peut-être pas...

Elle ne dupa personne. David évita de répondre par l'affirmative, sans conviction.

— Hum...

— Bon. Tu veux bien m'expliquer ? fit-elle, irritée. Excuse-moi d'avoir eu les oreilles ouvertes pendant le coup de fil, mais si j'ai bien compris : Esther a reçu quelque chose qui aurait pu être envoyé de Toulon, et qui aurait dû être accompagné d'un mot ou d'une carte. A part des fleurs de chez ton cousin, je ne vois pas. Alors ?

David n'eut pas la force de se taire.

— Une... quinzaine de roses « rouge-pastel spéciales » sans autre explication. Elle croyait que c'était moi...

— Et c'est pas toi...

Hervé s'était fait tout petit depuis quelques instants. Il sentit qu'il fallait intervenir. Il s'agissait d'évoquer d'autres pistes que celle d'Eddie.

— Excusez-moi, tous les deux, mais que je sache : le cousin toulonnais ne les cultive pas, les « rouge-pastel spéciales ». Il s'approvisionne quelque part où n'importe quel fleuriste peut commander les mêmes !

Les yeux de David rejetèrent l'éventualité sans appel possible. Il remit les photos dans l'enveloppe et s'en alla. Hervé l'imita ; une nouvelle crise de mutisme frappait sa patronne.

Mardi 18 juillet 2000

L'été posait ses bagages sur la capitale. Paris venait de connaître l'une de ces nuits que l'on aimerait voir se reproduire éternellement : ni trop fraîche, ni trop étouffante. Conséquence directe de cette météo idéale, les franciliens avaient retrouvé cette chaleur humaine qu'ils envient souvent aux provinciaux. La veille, sans même s'en apercevoir, Léa elle-même était passée du désarroi silencieux à la compilation des opérettes du XXème siècle. Ses états d'âme oscillaient du froid au chaud en un temps record ; son petit Ange et son petit Diable personnels jouaient chacun leur mélodie à tour de rôle et à leur rythme : « C'est quoi, cette histoire de fleurs ? », « Allez, je me bouge et je passe l'aspirateur », « Tiens, il fait beau, j'ouvre les fenêtres en grand », « Ce serait chouette un petit dîner en terrasse, à Saint-Germain-des-Prés », « Zou, un peu de musique ! », « Mexico, Mexiiiiico ! Sous ton soleil qui chante-hi... »

La soirée avait été délicieuse et Eddie charmant comme toujours, déployant une bonne humeur contagieuse. Ils avaient longé la Seine sous le frôlement d'une brise agréable, devisant sereinement : le quotidien, le tout et le rien, les autres, eux...

Point d'orgue de cette tendre promenade, Léa avait entrevu dans le discours d'Eddie les prémisses d'une évolution qu'elle n'attendait plus. Il me parle d'enfants ou je rêve ? Il veut une fille d'abord ! Il l'a dit, là ? Oui, il l'a dit ! Je lui parle tout de suite de ma liste de prénoms ? Non, y aller progressivement ! Surtout profiter de l'instant, ne pas brusquer ! *Carpe Diem*... euh, non : « *Diem* », c'est le jour, je crois. Là, c'est la nuit. Comment on dit pour la nuit ? Ça, je le ferai quand on aura plus de temps pour nous : reprendre mes études ! Eddie dit que j'ai une tête relativement bien faite pour quelqu'un qui a tout arrêté après un mois d'université. Mais j'ai quand même un paquet de lacunes et ça, ça m'énerve... même si j'ai fait des boulimies de bouquins quand il s'absentait ! C'est bête, j'aimais tellement l'histoire et les langues ! Juste, je ne supportais pas qu'on m'impose un programme et des horaires. Alors je boycottais les cours... Qu'est-ce qu'elle a pu craquer, m'man ! Oh mince, je l'ai pas appelée pour savoir comment s'était passée sa journée ! Je l'appelle demain, sans faute.

Léa laissait fréquemment vagabonder ses pensées d'une idée à l'autre. Elle finissait toujours par se demander quel était son point de départ. En cette nuit du 17 au 18 juillet, la question ne se posait pas. Le point de départ, elle ne pourrait l'oublier : Eddie voulait d'elle une fille. Au moins une fille...

—

Ce mardi, Léa n'avait toujours pas appelé Viviane lorsqu'elle s'installa en compagnie d'Eddie à la terrasse d'une brasserie, rue de La Boétie. Le jeune homme tapota son nombril.

— Salade, salade, salade ! Pas plus !

— Fais-moi croire que tu commences un régime, fit Léa. Avec tout ce que tu as bouffé hier soir !

— C'est pas très calorique, le poisson, non ?

— Le poisson, peut-être pas ! Mais la sauce, hum...

— Bref, c'est l'été. Et l'été, tu sais bien, ça veut dire la plage, les *paparazzi* et les photos floues d'une ravissante jeune femme parfaite et d'un « corps gras » – ne dis pas que j'exagère, c'est toi qui l'as dit avant-hier ! Tous les ans, c'est pareil : les *play-boys* friqués de la Côte qui te sautent dessus avec leur page déchirée en répétant que je ne te mérite pas ! J'en ai plein les... tu m'as compris !

Une voix fluette les interpella.

— Didi, Léa ! *What a surprise* ! Bon appétit, les amoureux !

— « Madam'zelle » Esther ! Viens te joindre à nous ! On lui fait une « ch'tite » place, hein ?

— *No problémo*, acquiesça Léa sans laisser transparaître un entrain excessif.

Elle vit passer dans son esprit l'image de la directrice artistique, un bouquet de « rouge-pastel spéciales » entre les mains et un sourire perfide aux lèvres.

— Merci, fit Esther en s'asseyant. Je viens d'acheter des fringues sur le boulevard Haussmann. C'est les soldes et il y a de ces occasions, *that's incredible* !

— Et tu trimbales tous tes sacs, à pied ? interrogea Léa.

— Il fait super beau, c'est vraiment plaisant, même avec trois sacs ! répondit Esther, enjouée.

Le téléphone portable de Léa entonna les premières mesures de l'Hymne à la Joie. Le numéro de Viviane s'afficha sur l'écran à cristaux liquides.

— Oh, c'est maman ! Excusez-moi... Allô, m'man ?

Eddie en profita pour demander à Esther si elle avait constitué la liste qu'il attendait. Tous deux parlèrent à voix basse pour que Léa puisse entendre sa mère. Elle appuyait déjà son majeur sur son oreille gauche à cause des bruits de la circulation et de l'agitation de la terrasse.

— Je t'entends pas bien, m'man... Tu dis quoi ? fit-elle en haussant la voix.
— Alors, ces compositeurs ? demanda Eddie à Esther.
— La liste est dans ton casier... Tu as vu David ?
— Vu, oui ! Ecouté ses musiques, non ! J'ai l'impression qu'il n'a pas confiance en ce qu'il fait.
— Je crois que si, Didi. Mais je pense qu'il doit craindre ton jugement !
— Quoi ? s'écria Léa. Mais p... pourquoi ? Qu'est-ce que...

Son timbre bouleversé ne parvint pas aux tympans d'Eddie et Esther, absorbés par leur propre discussion. Léa se vexa qu'Eddie se préoccupât si peu d'elle qu'il ne remarquait même pas son affolement. Que pouvaient-ils bien se dire de si important ? Elle écarta le doigt de son oreille, afin de capter quelques bribes de leur conversation. Moins concentrée au téléphone, elle posa deux questions sans à-propos qui irritèrent Viviane. S'ensuivit une fin de coup de fil délicate.

— Et pourquoi tu veux pas que j'en parle à papa ? Il risque... quoi ? Mais oui, je t'écoute ! De venir te voir ? Et tu dis « il risque » ? Mais c'est la meilleure chose qui pourrait arriv... hein ? De la pitié pour toi ? Mais m'man, comment veux-tu que p'pa... ? Bon ! OK, j'en parle pas ! D'accord... d'accord ! Oui... C'est toi qui rappelles ? OK ! Au revoir, m'man. Bats-toi !

Elle avait parlé *crescendo*, ce qui avait enfin alerté Eddie, peu avant la fin de l'appel. Il voulut savoir le fin mot de l'histoire.

— Ta mère a des problèmes ?
— Tout le personnel l'a huée pendant son discours... Ils se sont plaints auprès de la direction ! Elle ne sait même pas pourquoi ! Mais elle a été convoquée à un entretien préalable en vue d'un licenciement ! C'est... c'est pas possible !

Elle recouvrit son visage de ses mains. Eddie caressa tendrement sa nuque, à la naissance des cheveux.

— Non, c'est pas possible, mon ange ! Il y a un malentendu, c'est sûr ! Elle va leur expliquer, tu vas voir. Ils peuvent pas faire ça. Ta mère est une femme compétente, ils le savent bien...

—

Esther ayant pudiquement pris congé, Léa et Eddie déjeunèrent lentement. Lui respectait l'anxiété de sa compagne ; elle ruminait de sinistres pensées. M'man, virée sans ménagement après des années de bons et loyaux services ! Elle n'a rien vu, ce n'est pas logique ! Maman aime les gens... elle a toujours fait de son mieux pour que tous ses collègues soient entendus et satisfaits. Ce n'est pas normal ! Et Orényce ! Orényce avait vu juste ! Ça m'angoisse encore plus ! Rien, rien ne laissait supposer l'issue du discours annuel ! En plus, elle ne pouvait pas savoir, je n'ai jamais détaillé dans la presse ce que faisait maman... Cette femme a un réel pouvoir, c'est monstrueux ! Du coup, Esther et Eddie, ce serait... Non, non, non, je divague ! Mais, les fleurs, alors ? Quelle est l'explication ?

Mercredi 19 juillet 2000

— P'pa ? Ça fait une éternité que tu n'es pas venu ici ! Entre, je t'en prie.

Patrick Déhal, impeccablement coiffé, rasé et habillé, fit un pas chaloupé vers l'intérieur de l'appartement. De derrière son dos, il ramena un bras vers sa fille. Il tenait un bouquet de roses rouges.

— Ta talala ! claironna-t-il.

Léa, la mine pâle et des valises long-courrier sous les yeux, balbutia un remerciement.

— Ah ! Des... des roses ! Je... merci p'pa ! Mais...

Patrick dévoila une grande partie de sa denture, embarrassé.

— Euh... effectivement, j'aurais pu aussi ! Faudra que j'y pense ! Mais elles ne sont pas pour toi, ces roses !

— Hein ?

— Elles sont pour... ?

Il laissa en suspens la fin de sa phrase, comme dans les jeux télévisés, avant les réponses. Il inspira à pleins poumons, ferma les yeux puis redressa le buste. Il n'avait certainement pas beaucoup dormi cette nuit, mais son regard fatigué ne reflétait plus la lassitude comme auparavant. Il s'illuminait d'une volonté nouvelle, réelle et mûrement réfléchie.

— Je... vais reconquérir ta maman, Bé !
— P'pa ! Pourquoi aujourd'hui... ?

Elle s'était exprimée d'une voix tremblante, les mains plaquées sur ses joues. Patrick eut un mouvement de recul.

— Et pourquoi pas aujourd'hui ?
— Parce que... parce que pas aujourd'hui, c'est tout ! Je peux rien dire, p'pa, excuse-moi !

Le père se dirigea vers le salon et déposa les fleurs sur une table. Abasourdi, il s'affala sur le canapé de cuir.

— Bé, faut que tu m'expliques ou je ne pars pas d'ici ! Qu'est-ce qu'il y a ?
— Je peux pas te dire, p'pa ! sanglota Léa. M'en veux pas, s'il te plaît, m'en veux pas !
— Je comprends rien, Bé. L'autre jour, c'était ton vœu le plus cher et là... là... Pas aujourd'hui, tu dis ? Je veux comprendre !
— Tu sauras bien un jour, mais ne me demande pas, je peux pas...
— En plus, j'ai une bonne raison d'aller la voir : je vais lui dire que je suis prêt à postuler chez Nathan Mekri ! On peut l'appeler pour prendre rendez-vous à un entretien, si tu veux !

Léa étouffa un cri de détresse.

— Oh la la, p'pa ! Même ça, il faut qu'on en reparle... C'est, c'est...

Sur les nerfs après une nuit de sommeil tronquée, elle s'effondra en larmes, les mains jointes autour de son nez.

— ... C'est pas le bon moment... Pour rien, c'est le bon moment ! Je... je sais pas ce qu'il se passe ! Tout foire, tout foire ! C'est un cauchemar...
— Bé ! L'autre jour, tu voulais que je te dise ce que j'avais sur le cœur ! Je l'ai fait. A ton tour, dis-moi ce qui ne va pas !

La jeune femme hocha la tête. Elle alla chercher un paquet de mouchoirs en papier, puis sécha ses pommettes.

— Heureusement que j'étais pas maquillée...

— Alors, Bé, tu me racontes ?

— M'man... elle a été huée par les employés du magasin... au discours annuel. Sa direction envisage un licenciement...

— Tu rigoles ?

— J'en ai l'air ? renifla Léa. J'ai appris ça hier. Maman doit me rappeler.

— Mais, elle a fait quoi ?

— Elle ne sait même pas ce qu'on lui reproche ! J'espère qu'elle va se battre...

— Ça, y'a pas de doute, Bé. Et je vais l'y aider !

— P'pa, je t'en prie, ne fais pas ça : elle m'a fait promettre de ne rien te dire !

— Si tu m'en as parlé, c'est que tu le juges utile. Je vais aller la voir, pas plus tard que tout de suite !

Léa paniqua. Elle aborda l'autre problème du jour, pour noyer le poisson. Ce ne fut pas une réussite.

— P'pa, il y a autre chose dont je voulais te parler : pour le boulot de monsieur Mekri...

— Eh bien ?

— Je vais te trouver un autre plan. Là, ça me semble compromis !

— Tu en as parlé avec Nathan Mekri, c'est ça ? Mon passé de « loque humaine » lui fait peur ? C'est fini, tout ça, regarde !

— Mais non, p'pa ! Il ne sait même pas que j'avais pensé à toi pour le poste ! C'est juste que je préfère que tu reprennes un travail dans un domaine qui te convient mieux !

— Je connais rien aux fringues ? C'est ça que tu veux dire ? J'ai aucun goût ?

— Faut pas le voir comme ça ! C'est la clientèle qui...

— Message reçu : je vais « faire tache » au milieu d'une clientèle d'ados, c'est ça ? Tu pouvais pas me le dire simplement ? tu crois que je ne sais pas où sont mes limites ?

— Tu as raison, p'pa... Tu accepteras une autre proposition de ma part, hein ?

— Mieux que ça, Bé : je vais chercher moi-même de mon côté. Je me sens neuf et c'est grâce à toi ! Tu m'as aidé à me libérer ! Il faut, même si tu ne veux pas, que je voie ta mère. Je ne lui dirai rien, c'est promis !

Il se leva et se dirigea vers la sortie.

— P'pa, s'il te plaît... Attends quelques jours !

— Non, Bé. C'est aujourd'hui ou jamais ! Tu veux briser mon élan ?

— Mais non, p'pa... Quelques jours… s'il te plaît !

Le téléphone sans fil résonna. Par réflexe, Léa sautilla vers la commode et décrocha.

— Eddie ? Attends...

Trop tard. Patrick Déhal venait de claquer la porte en lâchant : « il le faut, Bé ! Je te tiens au courant ». Léa chercha un réconfort auprès d'Eddie.

— Eddie, Eddie... Dis-moi que ça va s'arrêter, cette période de merde !

— Ta mère a appelé ?

Léa voulut résumer la situation. Elle ne parvint cependant pas à mettre de l'ordre dans son esprit. Elle enchaîna dans la plus totale confusion.

— Non, pas encore. Papa est venu ici, spontanément. En costard et tout et tout ! C'était pas le bon jour ! Il veut retrouver un boulot. Mais il peut pas chez ton père... Il a raison Hervé ! Mais je l'ai vexé... Faut pas qu'il aille voir maman, elle va croire que j'ai tout dit. En plus, c'est vrai, j'ai tout dit ! Je suis conne, Eddie ! Il était tout beau papa...

Eddie interposa sa voix dans le flot verbal de sa compagne.
— Léa, hé ho ! Temps mort, ma belle ! On se calme... Les idées l'une après l'autre. Si j'ai bien compris, ton père est venu ?
— Mmmm... Oui !
— Il était « tout beau », costard, machin, prêt à reprendre un boulot. Vrai ?
— Oui...
— Bien. Où est le problème ?
— Ben, je lui avais parlé du *job* de vendeur chez ton père ! Hervé dit que c'est pas jouable, qu'il faut un jeune !
— Il a raison. Mais ton père ne veut reprendre QUE ce boulot-là, ou il veut retravailler dans l'absolu ?
— Dans l'absolu, j'espère...
— Donc, y'a pas de problème, conclut-il péremptoirement. Point suivant : tu lui as balancé les difficultés de ta mère ?
— Oui... Mais c'est parce que...
— Attends, laisse-moi parler, tu veux bien ? Le pire qui puisse arriver, c'est que ta mère te fasse la gueule. Dans tous les cas, ça te fait une confrontation entre ton père conquérant et ta mère dans une mauvaise passe. C'est plutôt pas mal que les rôles soient inversés, si on veut voir le positif... Ça équilibre... Et puis, que ça vienne de toi ou pas, elle ne peut pas lui en vouloir de se préoccuper d'elle. Ça lui passera.
— Et si elle le reçoit même pas ?
— Ben tiens ! Dans l'état où elle doit se trouver, elle ne refusera pas un soutien... ou une engueulade ! Elle a besoin de parler, que ce soit pour pleurnicher ou pour s'exciter sur le premier bouc-émissaire venu, ça je te le parie !
— J'espère que tu ne te trompes pas. Oh ! Tu ne quittes pas ? On a sonné !
Elle enclencha l'interphone, sonna et mit fin à la conversation.

— Eddie, c'est Max Joubert. Je ne sais pas ce qu'il vient faire. Tu dois le voir aujourd'hui ?

— Non ! fit Eddie, surpris. Mais...

— Je te laisse, il frappe. Je te rappelle.

Elle posa le combiné sur la commode, après avoir cru raccrocher. Mais elle n'avait pas appuyé sur la bonne touche. Eddie entendit un « bip » et constata que la communication fonctionnait toujours. Il discernait assez clairement les sons émis non loin de l'appareil. Troublé par la visite du romancier, il entreprit d'écouter ce qui allait se passer.

Maxime Joubert serra chaleureusement la main de la future actrice. Léa le conduisit au salon, où elle lui proposa un fauteuil et une boisson. Même à onze heures du matin, l'écrivain tournait à la tequila.

— Avec deux glaçons, s'il vous plaît Léa.

— Vous buvez toujours de la tequila de bon matin, monsieur Joubert ?

— Appelez-moi Max, je vous en prie ! Et sachez, chère amie, que ce n'est pas vraiment « de bon matin » pour moi qui suis levé depuis cinq heures tapantes.

Léa sifflota.

— Cinq heures ! fit-elle en jetant deux glaçons dans le verre de son hôte. Vous êtes plus que matinal, « cher ami » ! Sans indiscrétion, c'est le chant du coq qui vous inspire ?

— Vous savez, Léa – vous avez raison, « chère amie », ça fait coincé –, l'écriture est comme... un vomissement en quelque sorte. Elle vous prend à n'importe quelle heure, elle vous réveille ou vous empêche de dormir. Elle est faite d'idées qu'on a envie de faire jaillir parce qu'elles nous font mal et nous encombrent tant qu'elles ne sont pas couchées sur le papier !

— Mouais... c'est bien dit, ma foi ! Ça fait artiste torturé, marginal et tout ce qui va bien... sauf le coup du vomissement qui gâche la belle envolée ! N'oubliez pas que pour moi, nous sommes « de bon matin » !

Joubert ramena ses cheveux noirs en arrière, croisa les jambes et remonta son coude sur le dossier du fauteuil. L'élégance de sa tenue vestimentaire mettait en valeur son physique de jeune premier. A ses heures perdues, il défilait pour des amis couturiers. Sa voix se fit plus grave, plus chaude.

— Vos yeux pétillent lorsque vous êtes fière de vos réparties ! Vous avez du tempérament, Léa. Ça ne vous rend que plus attirante !

Eddie écoutait toujours sur la ligne téléphonique.

— Qu'est-ce qu'il me fait, le Joubert ? pensa-t-il.

Léa ne se dégonfla pas. Ses réparties plaisaient à son interlocuteur ? Eh bien, il allait être servi !

— Ça vous fait combien de verres de tequila depuis votre réveil, Maxou ? C'est pour me parler de mes yeux que vous êtes venu ?

— Et toc ! pensa Eddie derrière son écouteur. Sauf, « Maxou », t'aurais pu éviter, mon ange !

Le romancier adressa un sourire étincelant à son hôtesse et répondit le plus naturellement du monde.

— Bien sûr que non, Léa. Je suis venu vous parler de *Robe de Cendres*. Vous l'avez lu ?

— Pas eu le temps !

— Votre agent m'a indiqué...

— Rappelle-lui que je suis aussi ton mec ! Dis-lui ! pensa Eddie.

— ... M'a indiqué que mon scénario était le meilleur qu'il ait compulsé. Et en effet, le rôle est quasi écrit pour vous !

— Quasi ?

— Disons que je me suis aperçu que j'avais donné inconsciemment vos caractéristiques physiques et morales à mon héroïne. Enfin, à l'une d'elles puisque vous savez peut-être que c'est l'histoire d'une femme qui se dédouble et...

— Mes... caractéristiques morales ? coupa Léa à contretemps. Qu'est-ce que vous connaissez de mes caractéristiques morales ?

— L'intelligence, une certaine sagesse et aussi un caractère... trempé dans le vitriol ! Partager votre vie ne doit pas être de tout repos ! Mais, je le crois, un plaisir tout de même...

— Mais de quel droit... ? s'énerva Eddie dont les protestations étaient inaudibles. Vire-le, Léa, merde !

Léa continua sur sa lancée :

— Ça vous excite, de parler de choses que vous ne connaîtrez jamais ?

— Ma grand-mère répétait à l'envi qu'il ne fallait jamais dire « fontaine... », fit Joubert sans se démonter.

— Elle avait raison : peut-être que je vais vous dire « au revoir », ça peut le faire mieux !

L'écrivain se leva, posa son verre et enfouit sa main droite dans la poche de son pantalon. De l'autre, il se recoiffa une nouvelle fois, puis se mit à parler sur un ton sentencieux.

— Léa, le but de ma visite est le suivant : vous savez que j'ai écrit pas mal pour le cinéma ! *Deux Cercles Noisette*, c'était moi...

— Gentil navet pour adolescents pré-pubères, peut mieux faire !

— Navet ou pas, c'est trois millions d'entrées en 1999 ! glapit le scénariste. Et la gloire au bout pour Nina Montès, le César du meilleur espoir féminin et des propositions à la pelle !

Léa s'impatientait.

— Bon, et alors ? Eddie pourrait le choisir, votre *scénar* ! Si ça se trouve, dans les mois qui viennent, on commence les prises ! Quel est votre problème ?

Il enfourna sa main gauche dans sa deuxième poche, le port altier.

— Il s'y prend comme un gland, votre agent !

— Hé, mais il va fermer sa grande gueule, ce con ? cria Eddie en vain. Qu'est-ce que j'ai fait de vouloir bosser avec cet enfoiré ?

Léa resta stupéfaite un instant, puis réagit avec véhémence.

— Bon, maintenant ça va aller, monsieur « vomissure » ! Allez étaler vos gerbes ailleurs que chez moi... que chez nous ! C'est chez Eddie, ici, et vous n'avez pas le droit de...

— De dire ce que pense la profession ? L'organisation d'un projet comme celui-là, c'est à un professionnel du septième art qu'il faut la confier ! L'art a ses manières, ses codes ! Ça me fait doucement marrer : Mercurio veut tout faire, mais il n'imagine même pas ce que ça implique ! Il va se planter ! Et vous avec...

— Sortez d'ici, je vous ai dit ! ordonna Léa avec fermeté, bras tendu.

— Léa ! Stéphane Croisy est mon meilleur ami et un producteur puissant. C'est l'homme de la situation ! Confiez-nous vos intérêts ! Mercurio est fou : il ne voulait même pas faire intervenir un pro aussi influent ! « Croisy participera au montage financier en temps utile, s'il le veut », il dit, Mercurio ! Il est fou, je vous dis ! Suivez-moi !

— Vous, suivez-moi... vers la porte !

Le regard de Léa prit la forme d'une violente sommation. Sur le seuil, le romancier tenta une dernière provocation.

— Léa, ne restez pas avec ce... ce... ce nain ! Tout petit, il est : physiquement d'abord, et aussi dans notre monde ! Il a eu de la chance, ça ne durera pas. Choisissez le bon camp, Léa. Regardez-moi, est-ce que j'ai une tête de *loser* ?

— Je sais pas. Mais une tête de con, c'est sûr ! *Bye bye*, salopard ! « Votre » monde n'est pas le nôtre et ne le sera jamais !

Elle claqua la porte. L'Hymne à la Joie retentit. Le chef-d'œuvre de Beethoven précéda, comme souvent, le rituel de la fouille frénétique du sac à main. Léa en sortit son téléphone personnel. Le numéro direct du bureau d'Eddie s'afficha.

— Eddie... Tu tombes bien, il faut que je te raconte !

— Non, je raccroche, hé hé ! Prends le « sans fil », mon ange ! A tout de suite...

— Le « sans fil » ?

Elle prit le combiné sur la commode et le porta à son oreille.

— Coucou ! fit Eddie, rigolard.

— Eddie ? Comment se... Tu... tu... ?

— Oui : je je ! J'ai tout entendu et tu as été formidable ! Je t'aime, mon ange, si tu savais comme je t'aime ! Un « top canon » comme Joubert, faut résister ! Qu'est-ce qu'il peut se faire brancher en soirée, si tu voyais ! Et toi, tu l'éconduis pour un gars comme moi ! Je suis flatté ! Quel connard, celui-là, n'empêche !

Léa adoucit sa voix.

— Eddie... Tu sais, il n'a peut-être pas tout à fait tort... Tu veux t'occuper de tout, ce sera pas toujours la bonne méthode.

— Je sais bien. Mais je préfère l'entendre de ta bouche – ou de celle de David, d'ailleurs, qui m'a fait la même réflexion – que de cette enflure ou des gars de « son » monde ! La profession ! Pour moi, elle se limite à ceux qui restent à leur place et qui ne se servent pas de leur influence pour semer la pagaille autour d'eux. Tous les autres, je les emmerde ! Mais ceux-là, les bons, les sains... je les respecte et si l'un d'eux me tient le même discours, je m'y fierai !

Il s'arrêta cinq secondes, puis reprit.

— Vous avez raison, David et toi... Je marque une pause !

Elle ne dissimula pas son soulagement.

— Tu deviens sage, mon Eddie !

— Obligé, avec des épisodes comme celui-là ! On peut même plus faire confiance à des types talentueux ! Mais... comment tu m'as appelé, là : « mon Eddie » ? Ho ho ! Comme je regrette d'avoir encore pas mal de boulot pour c't'après-midi ! Ça fait bien longtemps que tu ne m'as pas appelé comme ça ! Ça s'arrose, non ? Si tu vois c'que j'veux dire...

— Finis ton boulot, Roméo ! J'ai eu ma dose de propositions indécentes pour la journée !

— OK, Juliette, j'aurai au moins essayé ! Je t'embrasse ! A ce soir !

En raccrochant, elle eut une sensation bizarre, comme si elle avait oublié quelque chose. Non, en fait : c'est sa mère qui devait la rappeler et non l'inverse. Maman ! Papa est chez elle à l'heure qu'il est. Que peuvent-ils bien se dire ? Orényce aurait pu évoquer cette entrevue, elle qui s'est épanchée pendant vingt minutes sur le futur proche de maman ! Qu'est-ce que je raconte, moi ? Je deviens dingue avec ces histoires. Il y a de quoi : Oré avait pressenti ses problèmes, rien à dire là-dessus. Ça y est, je stresse encore : et la relation d'Esther, dans tout ça ? Si c'est David, ça ne me touche guère, contrairement à ce qu'Orényce a dit. Et... de toute façon, c'est pas Eddie, c'est pas possible, ça ne peut pas être Eddie. Il est si tendre, encore plus que d'habitude en ce moment ! Et... et si justement c'est parce qu'il se sent en faute ? Oh non, je disjoncte ! Je pense n'importe quoi... Une douche, froide, vite !

—

La nuit est tombée depuis une heure. Un abat-jour projette deux ombres sur des rideaux mauves. L'une des deux porte un livre ouvert. Comme la statue de la Liberté... sans la liberté...

— *Line-Marie Elisabeth Damien-Perron, acceptez-vous de prendre pour époux Charles Vincent De Vissandre, ici présent ?*

La jeune femme rousse murmure : « *oui* ». *Thomas lui donne son livre, prend sa place. Elle baragouine la question suivante en langage des signes. Il répond avec fierté.*
— *Oui, je le veux !*
L'inquiétant gaillard de vingt et un ans réajuste son bonnet. Il se sent démuni sans son oreillette. Même au magasin, où il a été embauché comme agent de sécurité à mi-temps par Viviane, il l'utilise pour jouer les espions. Il cache l'émetteur près des caissières, chacune à son tour. Il écoute leurs conversations, mémorise leurs insatisfactions minimes qu'il va monter en épingle au cours de longues discussions avec elles. Toutes, ou presque, finiront par tomber dans son piège et se liguer contre Viviane.

A l'origine, ça n'a pas été facile pour lui de se faire engager. Un vigile malentendant ! Même avec sa carrure impressionnante et dissuasive, ce n'était pas gagné. Mais il a su convaincre Viviane. Le jour de son entretien, l'année dernière, il a rappelé que le gouvernement accordait des subventions pour l'emploi de handicapés. « *J'ai des lettres de références ! Qu'en pensez-vous ?* », *a-t-il ajouté en désignant l'appareil singulier qu'elle devait utiliser pour répondre* « *avec un timbre aigu, merci* ». *Viviane a rendu un avis favorable.*

Il est persuasif et il sait manipuler, Thomas. Tout le temps et tout le monde ! Sa sœur même en fait les frais à son insu. Elle qui est, en l'instant, vêtue d'une robe blanche, actrice malgré elle du simulacre macabre du mariage de leurs défunts parents. Et ce pour la troisième année consécutive, à la date anniversaire dudit mariage.

Elle ne sait plus ce qu'elle fait, Joanne. Elle suit, dans le brouillard. Chaque fois, avant de l'envoyer face à Léa, Thomas prend les mains de sa sœur et entre en possession de son regard. Il lui insuffle une énergie phénoménale. Son énergie à lui, des-

tructrice. Elle la recueille comme une offrande venue d'un être supérieur, déifié depuis toujours pour sa force et sa volonté. Cette énergie, elle la maintient tant bien que mal au fond d'elle, puis s'effondre épuisée lorsqu'elle rentre, mission accomplie. Forte dans le rôle qu'il lui a fixé. Faible, depuis toujours, dans sa propre peau.

Thomas retrousse discrètement son couvre-chef de laine noire. Il replace son oreillette sous le pansement qui masque l'une de ses terribles cicatrices physiques et psychologiques. Il retourne derrière ses rideaux mauves. Joue la marche nuptiale.

Jeudi 20 juillet 2000

David Mekri mit en marche son ordinateur. L'écran afficha une kyrielle de messages incompréhensibles pour le profane, qu'il lut attentivement. C'était la troisième fois qu'il relançait sa machine suite à un dysfonctionnement de son séquenceur musical et il avait enfin identifié la cause de la panne. Il déplora la quantité de manipulations requises pour mettre de l'ordre dans une configuration qu'il connaissait par cœur.

Son logiciel préféré se déploya sur toute la surface de l'écran. Il mit son synthétiseur sous tension et le raccorda au matériel informatique. Il joua un accord pour vérifier que l'instrument communiquait bien avec l'ordinateur. Il chargea ensuite son dernier fichier de travail, puis utilisa la souris pour cliquer sur le bouton « *Play* » du programme. Il se leva de son siège et recula afin de mieux apprécier sa composition. Ses lèvres remuaient imperceptiblement. Il fredonnait tout bas les paroles simplistes qu'il avait écrites sur la mélodie.

Le lundi précédent, il avait trouvé dans sa boîte à lettres une enveloppe contenant un cliché en noir et blanc, une lettre, un sachet de sels minéraux et une enveloppe timbrée. Régulièrement, il envoyait des dons à divers organismes humanitaires. Et de plus en plus souvent, il recevait des courriers de ce type, les associations se transmettant leurs fichiers respectifs. Le contenu de l'enveloppe l'avait terriblement ému. « Avec quelques sachets identiques à cet échantillon, nous pouvons sauver plusieurs vies. Remplissez le coupon-réponse détachable et renvoyez-le dans l'enveloppe timbrée ci-jointe ». Mais putain ! s'était-il dit. Ils envoient ça à des milliers de gens en France ! Pourquoi est-ce qu'ils ont besoin de perdre tant d'argent en timbres et des milliers de précieux sachets... même si ce ne sont pas vraiment les bons sels ? Est-ce qu'ils le jugent nécessaire pour nous sensibiliser – ou nous culpabiliser – un peu plus ? Ils savent bien que leur fichier contient des noms de personnes qui ont déjà donné... Ces gens-là sont déjà sensibilisés, merde ! Et ils ne sont sûrement pas à trois francs de timbres près ! Quelle connerie... Son regard s'était posé sur la photo, au centre de laquelle une fillette africaine souriait tristement. Il avait envie de lui parler... de lui dire qu'il aimerait bien sauver la Terre entière, mais qu'il n'en avait pas les moyens. Qu'il partirait, un jour, dès qu'il se sentirait assez fort pour affronter son sourire et celui d'autres enfants démunis. Assez fort, parce qu'il faut l'être lorsqu'on se retrouve, propre et bien portant, face à cette misère, pensait-il. Misère que nous avons nous-mêmes cautionnée par nos luttes pour le pouvoir et l'influence de notre petit monde occidental...

Il s'était précipité à son bureau pour écrire *L'enfant loin*, dont il avait ensuite créé la mélodie et esquissé les accords d'accompagnement.

—

Après avoir terminé ses retouches, il écouta le résultat « presque final » dont il fut satisfait. Il porterait dès le lendemain les fichiers à Gérard. L'arrangeur concevrait alors une œuvre sans défaut technique et aux sonorités inégalables. Sept fois jusqu'alors, David avait confié à son ami de telles ébauches. A douze, il ferait intervenir quelqu'un pour réenregistrer la voix sur leurs maquettes. Sa voix-témoin, il la trouvait trop éraillée, même si elle faisait frissonner Gérard. Ensuite, s'il s'en sentait le courage, il demanderait à son frère Samuel de peaufiner les textes, à partir de ses indications. Un album complet à soumettre à *Giant Music* ou à d'autres ! Peut-être le succès à la clef… et sans doute pouvoir, dès lors, quitter la France pour utiliser le pactole à bon escient. En Afrique ou ailleurs, quelque part où l'argent possède une finalité autre que s'acheter une énième paire de chaussures confortables ou un bloc de foie gras pour Noël.

—

Alors qu'il venait de clore sa séance musicale et de s'atteler à un programme informatique pour le système Intranet de l'un de ses clients, il reçut un coup de fil d'Eddie.

— Allô, frérot ! Fais couler un café, je sors tout juste du métro et je suis à cent mètres de chez toi !

— Y'a d'jà du café ! bougonna David.

— C'est encore mieux. Tiens, je tourne… Là, je suis dans ta rue ! Je passe devant la boulangerie…

David souffla bruyamment.

— Tu vas me décrire mon quartier, là ?

— T'es un rabat-joie, *brother* ! Allez, sonne et ouvre, j'y suis.

Eddie raccrocha et se présenta, une minute plus tard, sur le palier de l'appartement. David l'accueillit avec une tasse de café à la main et son téléphone mobile à l'oreille, moqueur :

— Appelle-moi pour me dire si tu mets toujours un sucre et demi ou si ça a changé !

— T'es con, toi ! rétorqua Eddie en saisissant la tasse dont émanait une fumée aguichante.

— Je sais pas qui est le plus con des deux : celui qui appelle à tout bout de champ sous prétexte qu'il a un portable ou celui qui n'utilise le sien que quand c'est vraiment utile !

— C'est vachement pratique de prévenir quand on arrive, non ?

— Y'a même pas quatre ans, on appelait AVANT de partir, on arrivait à l'heure... ou en retard. Mais personne n'en mourait pour autant. Le mois dernier, on était avec Hervé, tu as appelé trois fois Léa pour lui dire qu'on était partis à la bourre, ensuite qu'on était pris dans un embouteillage, et enfin qu'on arrivait bientôt. Tu faisais quoi, y'a quatre ans ? Tu cherchais des cabines au bord du périph' ? Non ! Bon...

— Soit, fit Eddie en prenant une chaise, la lèvre supérieure au bord de sa tasse de café. Ceci dit, je prends toujours un sucre et demi dans mon... Aaaah !

David écarquilla les yeux.

— Le café est trop chaud ?

— Non, 'l'est bon ! Sauf que, là, sur ton petit meuble, y'a une cassette vidéo avec un autocollant dessus...

— Plein d'intérêt, ce que tu me racontes !

— Laisse-moi finir, imbécile : ... avec un autocollant marqué « Léa Bérenger – *Live* au Stade Vélodrome de Marseille – Mai 2000 ».

— Et alors ?

— Et alors, c'est pas passé à la télé, donc c'est une cassette piratée ! Tu veux flinguer notre marché vidéo ou quoi ?

David toisa son grand frère avec une mine consternée.

— T'as vraiment une sale opinion de moi, Sam ! Et une mémoire de merde... Cette cassette, c'est Léa qui me l'a donnée, gros flan ! C'est un des derniers montages, souviens-toi : j'avais remarqué cette énorme connerie que, ni toi, ni elle, n'aviez vue – tu sais bien, cette pancarte dans le public avec un putain de slogan d'extrême droite, croix gammée et tout... Elle me l'a filée, la cassette, et c'est toi-même qui as appelé le monteur pour exiger la suppression de l'image... Tu fais chier, Sam, tu fais chier !

Eddie ne se sentait pas très fier. Il se dirigea vers l'objet du non-délit et le contempla.

— Excuse-moi, frérot... Tu as mille fois raison. J'ai la mémoire qui part en vrille avec tout ce qui passe dans ma tête !

— C'est toi qui disais que... « on s'en sortirait pas » ? T'avais aussi mille fois raison, je crois ! Et là, c'est pas ma faute... puisqu'en général tu supposes que le problème vient de moi !

— Je peux mettre la cassette ? murmura Eddie.

— Fais comme chez moi. Si ça te fait plaisir...

Eddie enficha la bande dans le magnétoscope. Il alluma le téléviseur, rembobina la cassette, appuya sur le bouton « *Avance Rapide* » et stoppa. Le compteur affichait « 25:32 ». Il s'expliqua.

— Si jusque-là, c'est comme dans la version définitive, c'est le passage que je préfère...

Il enfonça la touche « *Play* ». Sur l'écran, une fumée blanche venait d'envahir la scène et son extraordinaire décor, paradisiaque, somptueux... la reconstitution d'une cascade de quinze mètres, bordée d'arbres feuillus à foison.

Pour leur tout premier concert, Léa et Eddie avaient vu grand. Très grand ! Un *One Woman Show* musical, dans lequel elle ne se contentait pas de chanter. Elle interprétait, donnait de la vie à ses trilles. Elle jouait la comédie, dansait, payait de sa personne pour offrir le meilleur d'elle-même. Ne pas décevoir les spectateurs, dont certains avaient sûrement cassé leur tirelire pour obtenir des places ! Généreux, Eddie avait négocié avec les coproducteurs pour que les bénéfices soient versés à la recherche médicale, sur les conseils de David.

Grisée par cet objectif, survoltée par cette expérience nouvelle, Léa laissait s'exprimer ses montées d'adrénaline. Tous ces gens venus pour la voir, pour l'entendre, pour vibrer avec elle ! Cette chaleur humaine... Cette ferveur méridionale qu'Eddie voulait absolument honorer ! Des étoiles dans les prunelles, le trac dans les veines...

Des trombes d'eau s'abattaient sur la surface de l'incroyable étang artificiel, plein espace. Les premières nappes sonores en couvrirent le grondement.

C'est dans cette féerie de sons et lumières qu'elle apparut, nue, recroquevillée sur un rocher. Léa se dressa, pudiquement, les bras en « y » sur sa peau soyeuse, puis se faufila dans l'eau turquoise. Avec une grâce infinie, elle se courba pour disparaître vers le fond, laissant entrevoir fugacement la cambrure de ses reins. Un faisceau laser déchira le décor jusqu'à un piano aux reflets bleutés, au pied de la falaise de carton-pâte. Le musicien frappa nonchalamment quelques touches blanches ou noires, accompagnant l'apnée de la chanteuse. Les basses pesantes donnèrent de l'ampleur au prélude. Le tableau, en vue aérienne, était magistral : Léa traçait une ligne droite sans défaut, sous les vagues et l'écume. Au bout d'une trajectoire de vingt mètres, elle émergea dans une zone d'ombre, avec la bénédiction des accords pianistiques. Elle y trouva une longue chemise blanche. Elle l'enfila, puis s'assit sur une aire de gazon éclairée. Mèches de cheveux humides... Les gouttelettes sur son visage accentuaient la pureté qui se dégageait d'elle, sans fard. Sobriété de l'allure, sobriété des cordes frappées. Le public reconnut l'introduction de *Cœur de*, le troisième extrait de l'album *Réfléchie*. Le stade entier bourdonna d'une ivresse d'applaudissements. Léa ajusta son micro-casque récupéré sous une pierre plate. Soixante mille paires d'oreilles exultèrent.

Cœur de

Où est-ce que j'paraphe ?
Je signe tout d'suite
Si on agraphe
Un arc-en-ciel
A ma faillite
Personnelle...
    Mes fautes d'autographes
    Signés trop vite
    Et sans faire gaffe...
    Les lunes de miel
    Ont-elles une suite
    Eternelle ?
        Je chancelle
        Sur mon grand échiquier,
        Mais mes échecs à moi,
        C'est comme jouer aux drames !
            J'ai du sel
            Autour, mais j'ai pas pied...
            Je sens sous mes doigts
            La brûlure des flammes

Pour mon Cœur de... venu beaucoup trop chargé :
Le poids des clameurs du passé,
Les erreurs,
Les peurs naufragées...
    Cœur de... hors,
    Interdit de séjour
    Dans mon corps
    Epuisé d'amours,
    Tant d'efforts,
    D'appels au secours
        Pour mon Cœur de... mandeur d'un clair de mémoire,
        Mon Cœur de... puis notre histoire...

Quand est-ce que j'me pose ?
J'ai pris des pulls
En overdose,
Paraît qu'on a froid
Si on recule
Chaque fois...
    J'voudrais faire une pause,
    C'est ridicule :
    Faudrait qu'on ose
    Aller tout droit !
    On simule,
    Est-ce qu'on a le choix ?
        J'amoncelle
        Les feuilles de papier,
        L'encre des chinois,
        Et les ports d'Amsterdam...
            Ma nacelle,
            C'est juste un panier
            Avec une place pour toi,
            Un trip monogame...

Pour mon Cœur de... venu beaucoup trop chargé :
Le poids des clameurs du passé,
Les erreurs,
Les peurs naufragées...
    Cœur de... hors,
    Interdit de séjour
    Dans mon corps
    Epuisé d'amours,
    Tant d'efforts,
    D'appels au secours
        Pour mon Cœur de... mandeur d'un clair de mémoire,
        Mon Cœur de... puis notre histoire...
        Notre histoire...

—

Au final, les jeux de caméras composèrent un kaléidoscope étourdissant rythmé par les percussions, accélérées pour faciliter la transition avec le morceau suivant. Des milliers de flammes avaient constellé, du début à la fin, les tribunes de l'arène mythique.

David observa son frère, l'œil rivé au tube cathodique.

— C'était ce que tu voulais revoir, je crois...

— C'est pas tout, frérot ! précisa Eddie. Là, c'est un plan d'ensemble. Ensuite, il y a un *travelling* sur les premiers rangs, jusqu'au bord du décor... Là ! Regarde !

Il actionna la pause de la télécommande, puis ajusta l'image en commentant.

— Ça vaut pas le DVD, les cassettes d'antan, pour les arrêts sur image !

— Je ferai une copie numérique piratée de ma cassette analogique non-commercialisée, plaisanta David. Si tu veux bien me laisser quelques heur...

Il s'interrompit brusquement. L'affichage s'était stabilisé, montrant deux hommes, l'un dans les bras de l'autre, au pied de la scène. Le visage du plus grand reflétait une émotion intense. Le plus petit, et néanmoins l'aîné, se laissait aller aux larmes.

Eddie tapota l'écran, l'ongle de l'index sur l'image de David. Il rappela à son cadet les circonstances de ces effusions.

— Tu nous revois, là, David ? Tu te souviens ? Tu te souviens de ce que tu m'as dit ce soir-là ?

— Je sais pas, non...

— Tu m'as dit que tu trouvais ce texte bouleversant, même si tu le connaissais déjà. Tu m'as dit que l'idée de la cascade était grandiose... Tu m'as dit que tu étais fier d'être mon frère !

— Ouais, peut-être...

— Fier, tu m'as dit ! Fier ! Reste-le, David, reste-le... J'en ai besoin ! J'ai besoin de savoir que tu es toujours avec moi !

— Encore un truc de ton *ego* surdimensionné !

— Non, David ! Je te dis ça parce que je sais... que tu en as besoin aussi, de ton côté ! Et que tu refuses de croire que je t'admire moi aussi !

— Elle est bonne, celle-là ! ricana David.

— Je rigole pas ! Tant que tu penseras que je te prends pour un moins que rien, on n'avancera pas, tous les deux.

— Et tu m'admirerais pour quoi, toi qui as tout réussi ?

— Parce que tu es un surdoué, déjà par ton Q.I. ! Parce que là où il m'a fallu bosser vingt heures par jour, avec autant de bol que moi au début, tu aurais mis infiniment moins de temps ! Parce que tu réfléchis dix fois plus vite que tout le monde ! Parce que tu es hypersensible – ça, ça peut te jouer des tours ! Parce que tu es un artiste aussi et que tu vas y arriver, j'en suis sûr de sûr ! ON va y arriver, tous les deux ! Ensemble...

David aurait voulu croire en la sincérité de son frère. Il se laissa pourtant rattraper par ses ressentiments. Un réflexe de rejet, au fond de lui, l'empêcha d'accepter la trêve proposée. Il lança un regard lourd.

— Sam... C'est toi, les fleurs à Esther ?

— Qu'est-ce que tu me chantes ? De quoi tu parles ? Et puis, quel rapport ?

— C'est toi ou c'est pas toi ?

— Mais enfin, David, tu causes de quoi, là, putain !!?

— Esther a reçu des « rouge-pastel spéciales » !

— Super ! Et alors ? Moi, ce matin, j'ai reçu ma facture d'électricité, et puis après je me suis lavé les cheveux avec un shampooing antipelliculaire au gingembre actif. Je te passe la suite... T'en as d'autres, des comme ça ?

— Fais pas le débile, Sam ! Tu sais bien qu'y'a pas trente-six magasins qui en vendent !

L'aîné s'emporta.

— Mais j'ai quoi à voir, moi, là-dedans ?
— Jure que c'est pas toi !
— « Gnure que gn'est pas toi ! Gnure que gn'est pas toi ! »... On dirait un gosse de six ans ! Je ne répondrai pas à cette question à la con !
— Soit. Je prends note de ton silence... T'étais venu ici pour quoi faire ?

Eddie retira la cassette vidéo du magnétoscope, la rangea et se dirigea vers la porte.

— Pour écouter tes morceaux, imbécile ! Mais je crois que ça sert à rien qu'on essaie de se réconcilier... T'as raison, frérot. On n'en sortira pas !

Il s'engouffra dans l'escalier. David ferma les paupières puis cria.

— Y'a des copies de mes morceaux chez *Giant* !

Eddie, à l'étage inférieur, inspira profondément. Il répondit à voix haute, reprenant calmement son chemin.

— J'irai voir ! Ciao !

David referma sa porte d'entrée, articulant faiblement :
— Ciao...

Il ressortit la cassette vidéo, puis réenclencha la lecture, une fraction de seconde avant d'appuyer sur « *Pause* ». Sur le visage d'Eddie se lisait clairement le bonheur de serrer un être cher dans ses bras.

—

— Non, non, non ! suffoqua Léa en sortant du cabinet de voyance. Qu'est-ce que j'ai fait ? Qu'est-ce que je fais ? Papa ! Papa ! Non, non, non !

Elle prit appui sur les parois rugueuses des murs de l'escalier. Tout tournait autour d'elle. Ses jambes flageolaient mais elle désirait plus que tout s'échapper de ce bâtiment. Ses yeux ne discernaient plus les marches de bois, ni la main courante à laquelle elle aurait voulu s'agripper. Elle rassembla ses forces, redressa son torse et sa tête. Parallèle au mur, elle avait forcément à sa droite la rampe salvatrice. Elle réussit à y poser une main ferme. Elle pressa le pas, les yeux fermés, pour sortir dans la petite rue, cinq mètres au-dessous des volets de l'appartement dont elle sortait. Elle aspira un immense bol d'air et se mit à courir.

Pourquoi avait-elle oublié son téléphone dans la boîte à gants de la berline ? Avec tous ces répertoires intégrés, on ne mémorise plus aucun numéro ! Et papa est sur liste rouge. Pourquoi Hervé avait-il insisté pour prendre son après-midi, juste ce jour-là ? Elle se retrouvait seule, dans une ruelle du douzième arrondissement de Paris, angoissée à l'extrême par les nouvelles prédictions d'Orényce. Elle était pourtant venue prévenir la voyante qu'elle allait cesser de la consulter. Interloquée par la réponse de la rouquine : « Je sais que tu veux arrêter, j'en ai eu la vision cette nuit. Mais tu as tort. Tu veux savoir pourquoi ? », Léa avait demandé des explications. Sans précaution particulière, Orényce avait lâché : « La mort... pour un proche. Parce qu'on ne revient pas sur le passé... Si tu lui fais comprendre ça, très vite, tu peux éviter le pire. C'est la seule aide que je puisse t'apporter. Fais ton possible, vite ! Ce sera gratuit pour cette fois ».

Ça ne peut pas aller aussi loin ! se disait Léa. Elle ne peut pas voir la mort et en avoir le contrôle par un simple avertissement. Elle n'a pas de pouvoirs divins, ce n'est qu'une femme comme les autres. Mais pour m'man, alors ? Elle a vu, pour maman ! Non, c'est pas pareil... Ce n'est pas la mort ! Ce n'est pas comme la mort ! Quelqu'un qui veut « revenir sur le passé »... Papa ! Eddie, le studio... J'appelle le studio ! Il doit avoir le numéro. Les renseignements d'abord !

Elle avisa une cabine téléphonique et fouilla nerveusement son sac à main pour trouver sa carte bleue. Elle la glissa dans la fente réservée, composa fébrilement son code, puis le 12. Elle demanda à être connectée directement au standard de *Giant Music*. Eddie ne comprit pas son affolement, qu'elle ne prit pas le temps d'expliciter. « Donne-moi le numéro de mon père, s'il te plaît. Vite ! ». Elle appela Patrick à Nanterre, tomba sur le répondeur et laissa un message lui demandant de rappeler au studio. Hors de la cabine, elle s'aperçut qu'elle y avait oublié sa carte bleue. Elle y pénétra de nouveau. Une épouvantable migraine s'empara de son crâne. Elle posa ses mains sur son front, sortit et courut vers la station de métro la plus proche.

—

— Comment ça, Eddie n'est pas là ? hurla Léa dans le bureau de Cédric Gillet. Je viens de l'appeler ici !

Le patron de *Giant Music* se fendit d'un rire sarcastique. Il reprit son cigare qui se consumait dans un cendrier d'acier et le serra entre ses dents.

— Il s'est tiré à fond la caisse, en disant qu'il allait d'urgence te retrouver chez ton père. C'est pas ce que tu lui avais dit ?

— Mais non ! J'ai dit que j'allais l'appeler, mon père ! Pas que j'allais chez lui !

— Il a extrapolé, comme d'habitude ! J'ai toujours dit qu'il extrapolait tout un peu vite !

— Mais j'ai besoin de l'avoir près de moi. Appelle son portable !

— A vos ordres !

Cédric s'exécuta et enclencha le haut-parleur pour que Léa vérifie que la messagerie vocale était activée. Il raccrocha.

— Il est dans le métro, ton homme ! Faudra apprendre à conduire, l'un ou l'autre, un jour ! Même si c'est nous qui avons insisté pour que vous ayez une superbe voiture pour votre chauffeur *gay* ! *Standing, standing*... Ha ha !

— C'est pas drôle, Cédric ! Si j'y vais et qu'on se croise, et si mon père est toujours pas chez lui, je vais criser ! Je fais quoi, moi, maintenant, toute seule ?

Etonnamment, le temps qui s'était écoulé depuis la visite au cabinet d'Orényce avait contribué à la rasséréner. Chaque fois, la pesanteur des séances de voyance la pénétrait, au point de lui faire croire dur comme fer aux prédictions. Plus tard, elle relativisait la situation, convaincue que l'extralucide ne pouvait avoir cent pour cent de réussite.

— T'es pas toute seule, Léa. Je suis là ! Qu'est-ce qui te met dans cet état, dis-moi ?

Léa dévisagea son interlocuteur, d'ordinaire peu enclin à réconforter ses semblables.

— Depuis quand tu joues les mères-poules, Cédric ? Laisse tomber, c'est pas ton genre !

— Comment tu me parles ? Alors que j'ai tout fait pour que ta carrière décolle !

Elle s'offusqua.

— Quoi ? C'est à Esther que je dois ma signature chez *Giant*, Cédric, pas à toi ! Et l'essentiel de ma carrière est le fruit de l'énorme boulot d'Eddie ! Tu n'y as pas un demi-milligramme de responsabilité !

— Toutes les signatures passent par mon aval, ici... Ça fait bien plus de poids que tu ne le dis ! La gratitude est une vertu qui se perd... mais je t'en demande pas tant !

Il adressa une œillade prolongée à son artiste numéro un, puis adoucit sa voix.

— On n'a jamais trop discuté, tous les deux...

— C'est pas vrai ! Cédric, non ! Tu ne vas pas t'y mettre toi aussi ?

— Je ne sais pas qui sont les autres, fit Cédric placidement. Mais ils ne t'ont sûrement jamais tendu la main comme je l'ai fait via Esther, à l'époque. Alors...

— Je rêve ! Je te rappelle que j'étais mannequin, très bien rémunérée, et que j'étais loin d'avoir besoin d'une quelconque main tendue... Non, mais !

— A vingt-huit ans, tu n'étais plus mannequin pour longtemps encore ! Eddie a eu une bonne idée en te proposant de chanter, mais toutes les maisons de disques ne t'auraient pas accueillie avec les mêmes égards que la mienne...

— Elles étaient toutes prêtes à signer !

— L'ont-elles fait ?

— Non, pour la bonne raison qu'on a signé avec toi d'abord !

— C'est le destin, ça : on travaille avec les gens sans trop savoir pourquoi, on leur colle des étiquettes qu'on rectifie avec le temps... Tu m'as étiqueté, Léa ! Mais fais-en abstraction... Crois-moi, je peux t'apporter beaucoup !

Il caressa sa barbe de trois jours savamment négligée et tambourina de la main droite sur son cœur, essayant vainement de se donner une expression romantique.

— Arrête ça tout de suite, Cédric ! C'est pas le moment ! En plus, je te rappelle que tu es marié et qu'Esther est une amie !

— Une amie d'Eddie ! corrigea Cédric.

— Peu importe ! Tu n'as pas le droit de te comporter ainsi !

— Le droit ? Ha ha ! Mais tu crois qu'elle se gêne, elle ?

— Tu dis n'importe quoi !

— Figure-toi qu'elle vient de recevoir un énorme bouquet de fleurs ! Elle a eu beau feindre la stupeur, je ne suis pas tombé de la dernière pluie !

— Ce serait pas toi, *alors* ?

Cédric rebondit sur cette formulation maladroite, comme si Léa corroborait l'une des pistes qu'il avait envisagées lui-même.

— « Alors », tu dis ? Tu es donc au courant ! Tu... avais une idée, peut-être ?

Son ton monta.

— TON Eddie, c'est ça ? J'étais sûr qu'elle ne l'avait jamais vraiment oublié ! Je te garantis que...

Le standard téléphonique annonça un appel de David pour Léa. Cédric conserva le combiné.

— Allô ! tonna-t-il. Je sais bien que c'est pas à moi que tu veux parler, petit con !... Sur un autre ton, tu veux ?... Tu sais ce que je vais en faire de ton contrat, moi ? Rien à foutre ? Bien ! Considère ton contrat comme rompu, alors ! Au plaisir de ne plus te revoir !... C'est ça, « pareil ! ». Petit connard !

Il transmit sèchement le combiné à Léa.

— Bonjour David, fit-elle. Une commission pour ton frère ? Bien sûr, je peux ! Tu n'arrives pas à le joindre non plus ? Il doit être dans le métro. Tu sais, avec la grève, il doit mettre du temps. Je crois qu'il va chez mon père. Je te raconterai... Je prends de quoi noter.

Elle prit un stylo et fit signe qu'elle cherchait de quoi écrire. Cédric posa devant elle une minuscule enveloppe vierge. Elle fronça les sourcils puis transcrivit en répétant simultanément ce que lui disait David.

— Alors : les paroles de l'album au format... au format quoi ? « *Word 97* » ? « *Word* », comme « mot » en anglais ? Non, je ne connais pas les outils de traitement de texte, et alors ? J'entends pas bien, tu dis quoi ? Oui, je passe ton mot à Sam dès qu'il revient... Bien ! Oui, c'est ton dernier effort pour honorer ton contrat avec *Giant*, j'ai cru comprendre... C'est bien que tu sois professionnel jusqu'au bout. Allez, à bientôt, David !

Lorsqu'elle reposa l'appareil, Cédric Gillet serrait les dents, le visage rubicond. En rage, il frappa le coin de l'enveloppe où se trouvaient les notes de Léa.

— Sam ! gronda-t-il. Samuel ! J'avais oublié qu'il s'appelait Samuel ! La salope !

Léa secoua la tête, effrayée.

— Qu'est-ce qu'il y a ?

— C'est comme ça qu'Esther veut appeler notre fils ! Comme ton... ton putain de mec ! Je te dis qu'il y a quelque chose de pas catholique entre eux ! Ils se voient encore !

Léa avança une supposition sensée afin de tempérer la colère de Cédric :

— Pas catholique, c'est le mot juste ! Esther est juive, elle aussi, je te rappelle. Et Samuel est un prénom courant pour cette communauté, non ? Mais, euh... dis-moi : c'est du futur que tu parles ou... Ne me dis pas qu'elle attend un enfant, là, maintenant ?

— Si ! aboya-t-il. Et j'espère qu'il est de moi, sinon ça va barder. D'ailleurs, ça va barder de toute façon !

Il ôta nerveusement son veston du portemanteau et se rua vers la porte. Elle tenta de le raisonner, en pure perte. Cédric Gillet allait probablement imposer un sale quart d'heure à sa femme... enceinte. Mon Dieu ! se dit Léa. Un drame de plus ! Mais... la prédiction, c'est peut-être pas papa, c'est peut-être Esther qui est en danger ! Dans son état, la pauvre ! Si par malheur Cédric se met à boire... si ça dégénère ? Mon Dieu, pas ça ! « On ne revient pas sur le passé », elle disait Orényce. Ça correspondrait à quoi, pour Esther : Eddie ? David ? Avoir fait l'enfant avec Cédric ? Aïe... non ! Ça colle encore... Je fais quoi, moi ? Je fais quoi ?

—

Léa attendait toujours Eddie à son bureau, dans le calme le plus total. Un ronflement strident la fit sursauter. Hors d'haleine, elle prit la ligne.

— Quelqu'un pour moi ? Ah, c'est Hervé ? Oui, je le prends, merci Anna !

Au bout du fil, une voix masculine sans âme. Cordes vocales laminées par la douleur.

— Hervé ? Qu'est-ce que tu as ? Dis-moi ! Tu veux être arrêté jusqu'à lundi ? Mais sans problème, Hervé, sans problème. Mais que... ? Non... Oh, non...

Une série de convulsions sous sa poitrine. Silence. Long soupir. Joues mouillées.

— Hervé, ne pleure p... Si ! Pleure ! Pleure, Hervé, laisse-toi aller ! Ne te bloque pas pour moi, je comprends. Je suis là, Hervé. Je suis là... Mon Dieu, Hervé ! Tu es où ? Tu vas rentrer chez toi ? Dès qu'Eddie arrive, on passe te voir... Tu ne veux pas ? Tu veux rester seul... Je comprends, Hervé ! Je respecte... Oh, Hervé, Hervé... Prends soin de toi, repose toi. Ne t'inquiète pas pour lundi, si ça va pas bien... Ne t'inquiète pas. Oui. Je... on est avec toi, Hervé...

Elle raccrocha, pétrifiée. Deux minutes passèrent, à l'issue desquelles elle sortit la carte de visite d'Orényce de son sac. Sa peine était réelle, mais moindre que celle qu'elle redoutait d'affronter dans ses autres hypothèses. Elle composa le numéro inscrit.

— Oré ? C'est Léa. Je te dérange pas ? C'est urgent ! Je te raconte tout pour que tu puisses me dire si ça colle à ta prédiction. Hervé, mon chauffeur... Oui... Il avait un ami proche – un ex, en fait –, Arnaud. Il... il vient de mourir. Oh, c'est horrible ce que je te demande, mais il le faut : est-ce que ça peut être lui, ta prédiction ? Non, je le connais pas ! Mais un « proche de proche », c'est presque un proche, non ? Peut-être, tu dis ? Tu n'en sais pas plus ? Mais c'est possible... D'accord. Merci Oré, merci.

Elle termina l'appel et resta prostrée sur le siège du bureau d'Eddie. Tout cela est affreux ! s'indigna-t-elle. Je me retrouve à... quasiment souhaiter que le décès d'Arnaud puisse remplacer celui de quelqu'un de plus proche de moi ! Et à presque me réjouir de sa mort ! Je me fais horreur, je me fais horreur !

—

Un saxophoniste noir accordait son râle plaintif aux sombres pensées de Patrick Déhal. Accoudé depuis deux bonnes heures au comptoir d'un bar de nuit, ce dernier alignait les verres de pression vides. Sa lucidité s'était évaporée et seul le meuble de bois était en mesure de le soutenir. Au même comptoir, distant d'une demi-douzaine de mètres, un homme de même âge – et de même état éthylique – distillait de rares échos au monologue du père de Léa.

— Tu vois, « chose », euh... hoqueta Patrick. C'est quoi ton blase ? Non, laisse tomber, je m'en fous...

— M'en fous aussi, fit l'autre.

— Tu vois, reprit Patrick, les femmes, elles ont pas l'intuition masculine, non, non, non ! Elles ont la féminine et c'est déjà pas mal... Mais elles nous comprennent pas, non, comprennent pas ! Moi, j'avais l'intuition qu'elle m'accueillerait à bars... non, à bras... z'ouverts, les bras ! A bras ouverts, oui, oui, oui, j'croyais ! M'a dit : « ta fille est bien gentille » – j'ai une fille, elle est belle en plus, et vachement intelligente, tout c'qui va bien, tu l'as p't-êt' vue à la radio, non ?

— J'regarde pas la radio ! ânonna l'autre sans tiquer. Ma femme qu'est partie, é veut pas !

— Ta femme s'est tirée aussi ?

— Ouaip ! Elle s'est tirée... et elle s'est fait tirer aussi ! Par son patron, su'l bureau, hop ! Culbutée comme une vulgaire grognasse de pute d'trottoir ! Tu m'étonnes, le fric, ça les démariage en rien de deux... en moins de rien, euh... en deux... Et merde ! Tu vois, quoi... Mais...

Il se tourna vers le musicien assis à deux pas.

— 'Fait chier l'aut' bamboula avec son sax' !
— C'est beau c'qu'y joue, le gars ! objecta Patrick.
— Y'm'déprime ! Hé, *négro* ! Tu baisses le volume !

Le saxophoniste obtempéra avant de quitter les lieux avec un geste du doigt. Patrick réprouva la réaction de son voisin de comptoir.

— T'es con comme un frontiste, « chose » ! On la comprend, ta femme…

Une lampée de bière et il enchaîna sur la conversation initiale.

— Moi, la mienne, l'est partie sans son patron ! Remarque, m'aurait bien fait chier, sûr : c'est un patron femelle qu'elle a ! J'disais quoi ? Ah ouais : ma fille, Bé… c'est son prénom, enfin, le début, après c'est « rangère ». Bref, « Elle est gentille, ta fille… », qu'é'm'dit Viviane – c'est ma femme – « …mais elle aurait pas dû t'appeler en renfort ! ». « Qué renfort ? », j'ui dis ! Non… j'étais pas bourré, j'ai pas dit comme ça…

Patrick prit sur lui pour articuler au mieux.

— J'ai dû dire : « Què-lleu ren-f-fort ? El-leu m'a ri-en d-dit, Bé ! »… J'dis ça, alors qu'en fait, elle m'a dit. Mais toi, j'te dirai pas passque ça te regarde pas, « chose » !
— T'as raison ! Y'a pas d'culbute dans ton histoire ?
— Non, môssieur ! 'l'est prop', ma femme, si tu m'escuz' bien !
— Qu'est-ce t'en sais, dugland ?
— Tu peux m'app'ler « chose » aussi, j'préfère. D'ailleurs… Patron ! La même chose, si hou plaît !

Patrick entoura des deux mains son nouveau verre de bière. S'il avait compté les demis, il aurait pu fêter dignement celui qui était désormais son treizième. Il avait desserré sa ceinture afin de libérer l'étreinte sur son estomac saturé de houblon.

Dans l'obscurité, attablé dans ce même bar depuis l'arrivée de Patrick, Thomas sifflote. « Le Trappiste », comme sa sœur et lui le surnomment, ne va pas tarder à partir. Et dans quel état ! Ça le fait rire, Thomas. Il sort un couteau suisse de sa poche. Acérée, la lame. Il l'imagine glissant sous la glotte de Patrick, d'ici peu. Ce pied ! Saigner le Trappiste comme un goret ! Pas une grosse perte. Plus personne n'en a rien à carrer, du vioque. Sauf la Blanche-neige. Mais la Blanche-neige, elle n'est qu'en sursis. D'abord la faire souffrir ! C'était une chouette idée, le coup de la mort du proche, pour la faire baliser d'abord et crever de chagrin ensuite ! Et puis, pour qu'elle y croie toujours plus, aux prédictions de Jo ! On savait qu'il serait pas joignable, le Trappiste. Normal, je commence à le connaître : des mois que je le suis... à mi-temps, hé hé ! Chaque fois que quelque chose ne va pas, c'est bar sur bar l'après-midi et bar le soir. Toujours ici ! Il faisait peine à voir, le pauvre mec, hier, en partant de chez sa vieillasse. J'étais sûr qu'il allait refaire pareil ce soir. Bien joué, fiston ! Plus d'oreilles, mais du nez ! Combien de bières il s'est enfilées, le gros porc ? La vache ! Est-ce qu'il va réussir à le lâcher, son comptoir ? Ah... ça y est, il sort ! Maintenant, c'est maintenant...

—

— Bon ! fit Eddie. Ça fait une demi-heure qu'on attend devant chez lui. Il a le droit de s'offrir une petite virée, ton *padre*, non ?

— Pas son genre ! Ou en tout cas, ce serait pas dans le genre petite virée sympa entre amis, mais grosse déprime solitaire dans un bistrot de nuit ! Je sais pas où il y a un troquet ouvert dans le coin à cette heure-ci... Et puis, depuis qu'il a vu maman, j'ose pas appeler chez elle et je veux qu'il me raconte comment ça s'est passé ! C'est mon droit, non ?

Léa n'osait pas mentionner les récentes visions d'Orényce. Elle assumait ses actes... jusqu'à un certain point. Elle savait bien, somme toute, que son assiduité aux séances de voyance n'avait pas de sens. Mais elle avait mis un pied dans l'engrenage infernal. Et même si elle ne se sentait pas la force d'en sortir toute seule, il n'était pas question d'y mêler directement Eddie, ni simplement d'essuyer ses réprimandes. Elle avait assez à faire avec un père démoralisé pour vouloir éviter l'affrontement avec un compagnon moralisateur ! Un peu plus tôt, elle avait donc laissé un message à Eddie, dans lequel elle prétextait une grosse angoisse au sujet des retrouvailles de ses parents. Compréhensif, il l'avait attendue là-bas. Elle avait occulté le reste, sa terrifiante perspective minimisée en elle avec la mort d'Arnaud.

— Bon, on rentre ! se résigna-t-elle.

Ils se dirigèrent vers une station de RER. Eddie rappela qu'heureusement, le quartier était desservi par une ligne estampillée « RATP » et non « SNCF ».

— On a de la veine que la ligne A ne souffre pas de la grève ! Tu as vu qu'elle s'arrête demain, la grève, au fait ?

Peu bavarde, Léa était mal à l'aise de quitter Nanterre sans avoir vu son père. Elle traîna les pieds jusqu'à la station, tournant çà et là son regard vers chaque coin de rue. A quelques mètres du souterrain qui menait à la gare, elle s'immobilisa.

— Là-bas, au bout de la rue. C'est papa !

Eddie se frotta les yeux.

— Léa ! Comment peux-tu voir quoi que ce soit à cette distance, dans le noir ? Oui, à cent mètres d'ici, il y a une ombre qui marche, euh... qui essaie de marcher ! Mais y'a autant de chances que ce soit ton père que Marcel Proust ou Molière !

— Pas drôle ! Viens, je te dis que c'est papa ! fit Léa en prenant vigoureusement la main d'Eddie.

—

« *Qu'est-ce qu'il fait, Thomas ? se demande Joanne, anxieuse. Il a éteint son portable, ou alors il est dans un endroit où la com' ne passe pas : j'ai laissé trois messages et il n'a toujours pas rappelé ! Il va tuer Patrick... J'ai pas envie ! On a un mort, maintenant, qui nous suffit à entretenir la crédulité et l'accoutumance de Léa. En plus, c'est même pas notre faute, il faut en profiter. Je lui ai toujours dit qu'on n'avait pas besoin de tuer. Si, Léa, à la limite... à la fin du plan... puisque Thomas le veut absolument ! Mais pas ce pauvre Patrick. Il a déjà souffert, Patrick* »

Il a beaucoup souffert. Joanne l'a manœuvré comme un gosse, dix-huit mois auparavant, attiré dans ses filets avec des jupes ultra-courtes et la fraîcheur de ses vingt-quatre ans... Lui qui pensait n'avoir plus rien pour séduire, pas même sa propre femme ! C'était facile. Enfin, facile : elle s'est attachée à lui, elle aussi. Oh, pas comme à un amant potentiel, non ! Comme à un père, même s'il n'a rien de Charles, Patrick. Il a juste une « vraie-fausse » maturité, un manque de confiance touchant, et une véritable intégrité : il l'a repoussée longtemps, retranché derrière ses principes. Avec une extraordinaire gentillesse, des conseils, de petits cadeaux sans valeur... Et puis il a craqué, avouant son désir au téléphone. Ce jour-là, Thomas a dit que c'était gagné. Joanne ne devait plus revoir Patrick, accro et désormais assez paumé pour saborder son ménage. Et en effet, il s'est montré incapable de cohabiter avec Viviane sans lui révéler la vérité.

« *Il me manque, Patrick. Allume ton portable, Thomas ! Il faut pas que tu le tues. Non, je veux pas !* »

—

Un jeune homme, grand et robuste. Un bonnet noir sur la tête, bien enfoncé. Un couteau à la main. Il tourne dans une ruelle. Devant lui, un époux rejeté, tombant de sommeil, de fatigue et d'alcool. Aux pas hésitants, lents. La ruelle est un raccourci vers son bâtiment. Le jeune au couteau se rapproche, toujours plus. Ses nerfs se crispent sur son arme blanche. Il ne tremblera pas. Il revoit un accident, un hôpital, un silence éternel, un piano, une caravane, le port de Rotterdam, ses parents et sa grande sœur disparus... Encore deux mètres. Il fait bien sombre, c'est l'idéal. Non, il ne tremblera pas.

—

— Presse le pas, Eddie, haleta Léa. Papa vient de tourner dans une petite rue. On va le perdre, je ne connais pas ce coin ! Accélère, il a pas l'air dans son assiette. Pourquoi il prend la petite rue aussi, ce mec derrière ? On les voit plus... J'ai peur, Eddie ! Cours, s'il te plaît, cours !

—

Thomas ne peut entendre les claquements des talons d'Eddie, évidemment. Mais Eddie est loin et Thomas s'apprête à enserrer le torse de Patrick Déhal, d'un bras, pour lui sectionner la carotide de l'autre. Des mois qu'il attend ce moment, plus encore depuis le jour où Patrick a failli détourner Joanne de leur objectif. Son objectif ! Il regarde la lame. Elle ne scintille pas, il n'y a pas de lumière. Il glisse sur un caillou, mais parvient à rester sur ses appuis. Patrick est trop saoul pour entendre quoi que ce soit. Thomas gonfle sa poitrine. Prend sa respiration. Enfin, du concret ! Enfin, du passage à l'acte pur et... dur. Ha ha ! Les yeux de Thomas semblent prêts à jaillir de leurs orbites. Ça y est... ça y est ! J'achève ton calvaire... Remercie-moi, le Trappiste, remercie-moi. Il te reste une seconde !

Les vibrations de son téléphone coupent Thomas dans son élan. Il n'y a que Joanne qui connaisse son numéro, ce doit être urgent. Il s'arrête, branche son amplificateur de hautes fréquences et écoute la voix aiguë des trois messages. Fulmine. Des sentiments, encore des sentiments ! Tu craques, Jo ! Thomas perçoit l'ombre d'Eddie. Il se jette sur Patrick, ne peut que l'assommer d'un puissant coup de coude à la nuque et s'enfuir.

—

Le couple retrouva Patrick à demi inanimé. Ils le soutinrent jusqu'à son domicile puis l'allongèrent, tout habillé, dans son lit. La moitié du verre d'eau termina sur l'oreiller lorsqu'ils essayèrent de lui administrer deux cachets effervescents. « Ta mère, sur le pas de la porte, même pas rentré... suis malheureux... ». Il s'endormit une minute après.

—

Les lumières de tous les lampadaires du monde auraient pu se donner rendez-vous aux fenêtres d'Hervé, elles n'auraient jamais réussi à combattre le noir, le vide, la douleur. Agenouillé sur son matelas posé à terre, le jeune homme faisait face à l'un des murs de sa chambre. Gadgets suspendus, cartes postales, photos. Des vagues, de la neige, du sable, de la pluie. Des clichés d'éphèbes sculptés dans la perfection, avec de petites flèches légendées au feutre noir : « moi dans trois semaines ». Une signature, partout. Un « A » stylisé, tracé probablement d'un geste ample et assuré.

Entre les mains d'Hervé, une trentaine de lettres ; chronologiquement, de plusieurs pages à deux lignes pour les dernières. Et le même « A » en guise de paraphe, chaque jour plus hésitant, illisible sur l'ultime feuillet. « Aime toujours, Hervy. Je reste avec toi. Même de là-haut, bientôt. Je veille. A ».

Tu veilles ! susurra difficilement Hervé, la tête vers les carreaux. D'où ? Tu es où ? Il y a des étoiles partout dans le ciel, elles sont ternes. Aucune ne scintille, aucune ne me parle avec ta voix. Si tu es l'une d'elles, fais-moi un signe, je t'en prie ! Combien de temps que tu n'habites plus ici ? Une éternité. Et pourtant, ce vide... Mon cœur est gelé, mes yeux sont rougis, mes mains sont faibles. Il y a trois heures encore, elles se posaient sur ta joue, près de ton sourire forcé. Et puis une seconde, deux, trois, quatre... plus de sourire, froide la joue, froide... Les doigts de l'infirmière sur mon épaule, pesants comme le couperet de la faucheuse. J'ai imploré une explication autre... et n'ai vu qu'une perle lézarder sa pommette. Plus de couleurs, plus de sons, l'horizon en pointillés, et puis plus d'horizon. Ça me fait mal de penser que, pour toi, ça a été le même cheminement... en mille fois pire, étalé dans le temps et la douleur, sans échéance.

Je ne sais pas si tu avais de la haine en toi. Mais là-haut, tu n'as plus rien à pardonner. J'espère que tu t'y sens bien avec les monceaux d'amour que tu as emportés : le tien, gigantesque, le mien, celui d'autres hommes et même celui des quelques femmes qui ont croisé ta vie d'avant.

Si tu savais, Arnaud, combien tu vas me manquer ! Combien tu me manques déjà. Ce n'est plus ta peau, ce n'est plus ta bouche, depuis bien longtemps. Mais tout le reste, tout ce qui ne s'était pas effacé avec notre rupture. Tout est toujours là, en moi. Des moments de tendresse, des éclats de rire, des engueulades. Et ta lutte acharnée contre la fatalité. Ce courage dont tu as fait preuve, cette rage de vivre comme si de rien n'était, comme si la maladie pouvait faire demi-tour parce que tu ne lui laissais pas la parole. C'était terrible, te voir peigner tes touffes de cheveux devant ton miroir en faisant semblant d'ignorer ta dégradation physique. J'avais des haut-le-cœur, mais je me taisais. J'aurais aimé te dire que tu restais beau. Je n'y arrivais pas.

Où es-tu, Arnaud ? Parle-moi, brille-moi de là-haut, de derrière les nuages. Et fais comme tu as dit, veille sur moi. J'ai besoin de croire que tu es toujours ici. On va les connaître, la victoire de l'amour, les vaccins. Tu n'auras pas souffert pour rien, je te le jure. Je te jure… mais… mais reste avec moi, je t'en supplie. On en reparlera, à ma fenêtre, une nuit sans nuage. Reste avec moi…

Vendredi 21 juillet 2000

Qui pouvait bien sonner à une heure du matin chez David Mekri ? Il posa la chemise qu'il était en train de plier, près de sa valise ouverte. A l'interphone, il lâcha d'une voix caverneuse :
— Qui c'est ?
— C'est moi, fit une voix essoufflée.
— Esther ? Mais que... ? Monte !
La jeune femme entra et se jeta sans attendre sur un fauteuil. Elle suffoquait, les mains sur son ventre, cheveux hirsutes. David alla chercher un verre d'eau fraîche et revint au salon.
— Qu'est-ce qu'il y a, Esther ? Qu'est-ce qu'il y a ?
— Il m'a... il m'a tapée !
Le sang de David ne fit même pas un tour.
— L'espèce d'enculé ! Je vais le tuer, je vais le tuer ! Il est chez toi ? Où il est ?
Esther ferma les paupières.
— Non, David. Je t'en conjure, reste ici ! J'ai mal... j'ai mal dedans...
— Le petit ! hurla David. Il t'a frappée avec le petit en toi ! Mais c'est vraiment un putain de monstre ! Il a pas de limites, ce

connard ! Je reste, mais dès que tu vas mieux, je vais lui péter sa gueule, je te jure que je vais lui péter sa gueule !

— Nooon ! pleurnicha Esther. Je veux plus qu'on parle de lui, je veux plus qu'il soit dans ma vie. Je veux pas que tu t'en mêles. Je veux que tu sois avec moi et qu'on oublie.

David fit un pas en arrière.

— « On » ? Esther, Esther... Ne me refais pas le coup de la consolation qui dure dix jours ! Je suis pas « S.O.S. détresse-amitié » ! Je veux bien t'héberger, un temps... et encore, je suis bien brave, bonne poire ! Mais y'a pas de « on ». Y'a plus de « on » depuis deux ans !

— Je sais, David. Je demande pas plus que ça : un ou deux jours ici et je file chez ma mère.

Elle remarqua la valise ouverte et le linge amoncelé à côté.

— Tu... tu partais ?

David passa sa main dans ses cheveux, les yeux au plafond.

— T'as pas vu les infos ? La guerre civile au Buzamdwa... la population qui fuit. Ils ont besoin de bénévoles, chez *Médecins De La Paix*. J'ai... un peu anticipé mes projets !

— Tu avais l'intention de partir là-bas, un jour ? Tu n'en as jamais parlé !

— Ça se crie pas sur les toits, et... j'étais pas sûr d'en avoir le courage. Mais là, il faut que je parte ! Les images sont terrifiantes, ces nuées de gens qui marchent et dorment sur les routes. Les plus faibles, les enfants... ils vont mourir avant la frontière. Ils ont besoin de nous !

— Je pars avec toi !

— Tu dis n'importe quoi ! Arrête, tu veux ? Toujours tes réactions à l'impulsion ! Tu dois prendre soin de toi et de ton enfant. Et puis ça s'improvise pas, la vocation humanitaire ! C'est pas ton truc ! Non, tu pars pas avec moi... Bois ton verre d'eau !

Elle porta le récipient à ses lèvres et avala avec peine. A ce moment, elle ne put s'empêcher d'ouvrir grand sa bouche, yeux plissés sous la douleur.
— Aaaah ! David, il…. il se passe quelque chose ! Là… en moi, je… Aaaah !
Elle s'évanouit.

—

Esther Serrano-Gillet perdit son enfant dans la nuit du 20 au 21 juillet 2000. En état de choc à son retour de la clinique, elle ne rejoignit pas sa mère. David reporta son voyage humanitaire pour la garder à ses côtés.

Cédric Gillet ne donna plus signe de vie. Les dernières nouvelles qui parvinrent à Esther l'informèrent de l'entrée de son mari en maison de repos pour grave dépression nerveuse. Elle eut un sentiment de culpabilité qui disparut rapidement, comme jadis l'amour qu'elle portait à Cédric. Et comme la distance affective que voulait imposer David…

Malédictions

Lundi 24 juillet 2000

— *Elle rappelle pas, Blanche-neige ! Ça fait trois jours... Putain, qu'est-ce qui t'a pris, Jo ? T'es en train de craquer, j'aime pas ça, pas du tout ! Qu'est-ce qui t'a pris ?*

Joanne-Orényce baisse les yeux. Elle ne peut pas exprimer ce qu'elle pense. Elle ne sait pas contredire son frère, mentor et protecteur. Celui qui l'a soustraite autrefois aux griffes de Gordon, gourou omnipotent d'une secte à laquelle elle avait laissé beaucoup d'argent et surtout sa santé physique et mentale.

Gordon manipulait ses adeptes par la divination. Il leur déconseillait la plupart des comportements quotidiens normaux sous prétexte de danger imminent : vie professionnelle, sorties en ville, consultation des médias... Les membres de la secte de l'Etoile Lunaire vivaient reclus dans un bâtiment désaffecté de la banlieue parisienne. Joanne s'y était impliquée après avoir rencontré Klaus, un jeune munichois. Klaus se déclarait bras droit de Gordon ou considéré comme tel par les adeptes, mais n'avait en fait aucune influence sur eux. Très vite, Gordon l'avait évincé pour jeter son dévolu sur Joanne. Celle-ci, hypnotisée par son charisme, était devenue sa maîtresse comme presque toutes les femmes membres de l'Etoile Lunaire. A

Joanne, le gourou imposa un long jeûne, prédisant une intoxication alimentaire potentielle. Son but véritable était de lui faire perdre ses rondeurs disgracieuses. Joanne passa d'un léger embonpoint à une anorexie prolongée jusqu'au retour en France de Thomas, après une fugue de six années aux Pays-Bas. Majeur, il revenait toucher sa part d'héritage. Lorsqu'il rencontra Gordon, le jeune De Vissandre éprouva d'emblée une aversion profonde. Et dès qu'il comprit son influence néfaste sur sa sœur, il choisit la solution radicale. Après l'avoir entraîné au sous-sol de la bâtisse abandonnée, il mutila l'amant machiavélique de Joanne, broyant ses parties génitales à coup de massue. Thomas ne faisait jamais dans la demi-mesure.

L'épisode Gordon lui inspira, par la suite, sa vengeance sur Bérangère Déhal. Pour lui, elle était coupable de la mort de leurs parents, de celle de leur grande sœur, de ses troubles auditifs... Et au-dessus de tout, il restait convaincu que Charles et Line-Marie auraient modifié leur testament un jour, sans leur tragique accident. C'était donc également à cause de Bérangère qu'il n'avait touché qu'une somme ridicule à ses yeux. Elle était devenue une vedette ? Très bien ! Ils s'attaqueraient d'abord à ses parents. Joanne s'occuperait du père et Thomas de la mère, il lui dirait comment. Ensuite, ils anéantiraient sa vie privée et sa carrière. Et pour finir, il voulait qu'elle crève, qu'elle crève la gueule ouverte, de ses mains...

Joanne baisse toujours les yeux. Elle ne répond pas à la question de son frère. Elle éteint même l'appareillage destiné à isoler et amplifier les hautes fréquences, les seules audibles pour Thomas. Celui-ci se lance alors dans une tirade à la violence inouïe.

— Jo, Jo, Jo... Tu vas tout faire foirer, putain de putain ! Je t'ai tout donné : ma force, mon énergie, mes mots, mes idées... Me dis pas qu'il en faut plus, putain ! Me dis pas ça. On est forts *tous les deux, et elle a explosé nos vies, Blanche-neige, tu te rappelles, ça ? Elle a explosé nos vies... On a tout perdu ! Ce qui peut nous redonner une fierté, c'est sa disparition, c'est tout ! Et toi tu fais du sentiment ! M'en fous qu'il est mort, l'ex malade de l'Anti ! On devait buter le Trappiste, putain... Les proches de l'Anti ne sont pas les proches de Blanche-neige ! Elle t'a berné sans le savoir ! Et tu es tombée dans le panneau. Moi, avec tes messages à la con, j'ai pas eu le temps. Je l'aurais eu, putain, bien avant que ce type arrive en courant dans l'autre rue. Largement avant... Tu te contrôles plus, on fait quoi ? Qu'est-ce qui t'a pris ?*

Il s'interrompt et place son index sous le menton de sa sœur. Lui lance un regard noir, menaçant. Puis regarde la photo des parents, sur le mur. La suite est un long calvaire psychologique et physique pour la jeune femme, forcée de remplacer sa mère dans une mise en scène incestueuse orchestrée par Thomas, fier d'usurper la figure paternelle en mission punitive...

—

Joanne court sur ses jambes sans force. Elle s'enferme dans les toilettes. Thomas ne l'entend pas vomir. Avec sa ceinture, il fouette le canapé où elle était assise.

— On s'attaque à elle, maintenant, Jo ! Directement, physiquement. Faut accélérer le plan. On détruira son image en même temps, juste la voir détestée par tout le pays, pour le fun ! Et en direct ! On passe à la phase « PCDM ». Je sens que mon rôle va être jouissif ! Et dans la foulée...

Il passe le revers de sa main sous son menton en ajoutant :
— Couic !

—

Evénement rare pour un lundi matin, Eddie resta cloué au lit. De violentes brûlures d'estomac l'avaient tenaillé toute la nuit. Léa consulta leur médecin par téléphone. Celui-ci ne pouvait pas se déplacer dans l'immédiat, mais vers quatorze heures. Eddie maudit ce fâcheux contretemps qui l'empêcherait de tenir la réunion de préparation de l'émission *PCDM* du 12 août 2000.

— Heureusement qu'on avait des sujets d'avance ! fit-il. Je suppose que l'équipe a cherché de nouvelles pistes de son côté pour les prochaines... J'avoue n'avoir pas beaucoup bossé pour l'émission, ces temps-ci. Mais au fait, Léa, c'est pas toi qui voulais t'en occuper, y'a une dizaine de jours ? Même qu'on s'était pris la tête devant la Maison de la Radio, tu te souviens ? T'as trouvé quoi, dans les journaux régionaux ?

Léa, toujours décidée à passer sous silence ses visites au cabinet d'Orényce, fit mine de s'être ralliée au discours de son compagnon.

— Tu avais raison quand tu disais qu'il fallait déléguer, que j'allais m'épuiser – même si tu t'appliquais même pas à toi-même tes propres conseils... Bref : si je me rappelle bien, j'ai ressenti un méga-coup de barre dès que je suis rentrée dans la voiture avec Hervé. Je crois bien que j'ai dormi tout l'après-midi !

— T'es qu'une marmotte, j't'avais dit !

Il sourit.

— Et d'ailleurs, je réclame des excuses pour m'être fait traiter de « machiste à la noix » devant témoin en plein Paris !

— Compte là-dessus, pauvre victime ! Je ne retire rien à ce que j'ai dit : le fond de ton discours était, on va dire, à peu près bon. Mais la forme démontrait ta, euh... ta phallocratie !

Eddie poussa un sifflement admiratif.

— Mais dis donc, ma grande ! Mais c'est que tu as des lettres, *vindiou* ! Ton vocabulaire me laisse coi, diantre !

— Tu croyais vivre avec une demeurée, *Maître Capello* ?

Léa se revit quelques années plus tôt, profitant des voyages d'Eddie pour se plonger dans les encyclopédies et les dictionnaires. Il acquérait, au fil de ses rencontres, une maestria dans le maniement du verbe et il était indispensable pour elle de se mettre au diapason, par amour-propre. Elle avait ainsi étendu sa culture et son champ lexical.

— J'ai pas dit ça, précisa Eddie. Mais bon : « phallocratie » ! Même moi, j'aurais jamais eu l'idée d'utiliser ce mot-là, comme ça, entre le réveil et le déjeuner !

— « Même moi » ! Ce qu'il faut pas entendre ! T'es pas à l'Académie Française...

— Arrête de me croire vaniteux, Léa ! Je dis ça parce que j'aime bien les envolées lyriques avec des mots de trois cents lettres...

— Trois cents lettres ! On sent que tu as vécu dans le Sud, toi ! Quant à ta vanité...

— OK, y'a de ça, c'est vrai ! Aaah ! « Temps mort », s'il te plaît ; je « rebrûle » !

— Et ça t'arrange bien ! ironisa Léa en allant à la cuisine chercher du sirop. Pauvre bête, j'espère que le docteur ne conclura pas qu'il faut piquer !

Son visage s'assombrit. Comment pouvait-elle plaisanter sur une question médicale alors qu'Hervé venait de l'appeler pour prévenir qu'il ne tenait pas debout ? Il n'avait pas dormi depuis soixante-douze heures et avait demandé deux jours de congés supplémentaires.

Le téléphone cellulaire de Léa se manifesta par son invariable remix de Ludwig Van B.

— Eddie ! Tu réponds, s'te plaît, je cherche ton médicament ! lança-t-elle.

— OK !

Eddie prit l'appareil sur la table de chevet. Ses brûlures altéraient sa voix, semblable à celle d'un adolescent en pleine puberté. Ou d'une femme...

— Allô ? fit-il.

— Salut ! C'est Oré ! Tu m'as pas rappelée pour me dire...

Elle s'arrêta net. Eddie venait de racler sa gorge, cette fois sans conteste de façon très masculine.

— C'est pas Léa, là ? s'inquiéta la voyante.

— Non, c'est pas Léa ! Vous lui voulez quoi, à Léa ?

Hormis l'irritation que provoquait cet appel, Eddie eut une sensation étrange. Un drôle de souvenir enfoui... Il sollicitait en vain sa mémoire quand sa compagne revint au salon.

— C'est qui ?

— Ta voyante, asséna-t-il froidement.

Léa récupéra son téléphone avec empressement et se dirigea en chuchotant à l'autre bout de la pièce.

— Oré ? Non, tout va bien, euh... par rapport à... tu vois ? C'est ça... Et... faut que j'te laisse, euh... J'ai pas le temps, là ! Oui, à plus !

Eddie vit les joues de sa compagne se couvrir d'auréoles.

— Je sais ce que tu vas me dire, Eddie...

— Tu joues à quoi avec cette fille ? Tu l'appelles souvent ?

Léa joua cartes sur table – c'était le cas de le dire –, pas vraiment fière d'elle.

— Je l'ai revue, en fait...

— Quoi ! Mais t'es complètement allumée ! Ça va pas bien ?

— Elle m'a dit des tas de choses, tu peux pas comprendre ! Des tas de choses sur moi, sur toi, sur mon passé... Il a suffi que j'y aille une fois, qu'elle me parle de maman... et j'ai paniqué ! J'ai voulu en savoir plus. J'ai voulu savoir comment éviter les horreurs qu'elle voyait. C'est classique, il dit, Hervé... Et à chaque fois, elle rajoutait du nouveau.

— Elle t'a prédit quoi, sans indiscrétion ?
— Les soucis professionnels de maman, la mort d'Arnaud…
— Mais bien sûr ! Et la couleur de mon slip de demain aussi, non ? Elle t'a tout connement raconté des trucs que tu as mis, par réflexe de base, en parallèle avec ta vie… comme tous ceux qui y croient !
— Non ! Enfin, pour Arnaud, si… c'est vrai ce que tu dis. Mais pour maman, c'était clair ! Et c'est arrivé…
— T'es accro ?
— Mais non…
— Je reformule autrement : tu vas continuer à la voir ?
— Non, Eddie. J'arrête, promis ! D'autant que maman est tirée d'affaire…

Viviane avait plaidé sa cause avec bonheur auprès de sa direction, le vendredi qui précédait.

— … Et que papa va bien, ajouta Léa.
— Y'avait aussi une prédiction sur ton père ?
— Oui et non. En fait, elle avait pas vu précisément la mort d'Arnaud, mais celle d'un proche, sans autre élément. En disant que c'était quelqu'un qui voulait revenir sur le passé. J'ai tout de suite pensé à papa… et puis Arnaud est mort. Je me suis rassurée – j'ai honte –… je me suis rassurée comme je pouvais en me disant qu'il aurait bien aimé, lui aussi, revenir sur le passé et se protéger. Mais quand même, c'est pour ça que…

Elle se tut.

— C'est pour ça que…? demanda Eddie.
— C'est pour ça qu'on a attendu papa, l'autre soir. Pour vérifier qu'il allait bien. D'après Orényce, le drame devait survenir très vite. Arnaud… Arnaud était mort et papa… simplement ivre-mort. C'est affreux, mais ça m'a tranquillisée…

— Affreux et carrément navrant ! Et puis, « simplement ivre-mort », faut le dire vite ! Je te rappelle qu'un type l'a assommé dans la rue. Et s'il ne m'avait pas entendu courir...

Il secoua ses mains très vite devant lui, comme pour effacer ce qu'il venait de suggérer.

— OK ! admit-il. Je suis en train de confirmer qu'elle a failli avoir raison, ton Orényce. Mais tout ça, c'est des concours de circonstances, rien d'autre ! Il faut que tu arrêtes ça !

— Je te l'ai dit, je la verrai plus !

— En plus, tu m'as menti...

— Excuse-moi, Eddie. Excuse-moi...

La conversation était close. Et Léa s'en sortait bien de n'avoir pas cité sa requête à Orényce concernant Esther. « Jouer cartes sur table », elle aurait bien voulu. Mais il ne fallait pas abuser : elle n'allait pas tout déballer d'un seul coup, tout de même !

— Tu m'excuses ? quémanda-t-elle.

— C'est pas gagné si tu veux calmer mon ulcère avec tes conneries !

— T'as pas d'ulcère ! Juste une inflammation, d'après le toubib. Mais fais ta fibroscopie et tu verras...

— « Juste une inflammation » ! Tu veux que je te la refile, ma « juste une inflammation », pour vingt-quatre heures ? Tu verrais comme c'est chiant et ça fait mal !

—

Vers quatorze heures quinze, Eddie nota, une fois de plus, les coordonnées d'une spécialiste des maladies du foie et de l'appareil digestif. Le médecin repartit en levant les yeux au ciel avec la certitude que, pas plus ce jour-là qu'auparavant, le jeune homme ne prendrait rendez-vous avec sa consœur.

Mercredi 26 juillet 2000

Léa devait retrouver Hervé dans une brasserie, quartier Saint-Michel. Elle lui avait proposé de redémarrer son travail en douceur, devant une boisson fraîche.

C'est qu'il commençait à faire rudement chaud ! Les touristes, chaque jour plus nombreux, se massaient aux terrasses ensoleillées. Un quintette vocal composé de cinq frères prétendument californiens – marseillais, en fait – entonna une ode à l'été sur la place de la fontaine. Dans un style assez... décalé ! Le benjamin, voix principale, essayait de tenir la baraque, tant bien que mal. Mais l'important, le message, était d'une limpidité absolue : optimisme !

Deux cent dix-sept francs et quinze centimes de recette en une prestation et avec quatre auditeurs ! L'aîné se sentit des ailes et ils embrayèrent sur un *bis* immédiat.

Sur les tables, les pellicules usagées, plans du métro, cartes de Paris ou éventails bigarrés ne laissaient que peu de place aux consommations. Hervé se surprit lui-même à rire, témoin d'une saynète particulièrement cocasse : à l'origine, le serveur déplaça une paire de lunettes de soleil pour poser un verre de bière sur la table d'un couple nippon. Ce faisant, il déséquilibra le château de pellicules que l'enfant du couple venait de bâtir. Le père voulut attraper au vol l'une des pellicules qui allait tomber à terre. Il ne parvint pas à refermer ses doigts sur l'objet. Au contraire, son geste raté le fit virevolter vers un groupe de dames âgées assises tout près. Une carafe d'orgeat réceptionna le projectile, dans un grand « plouf ! » qui éclaboussa l'une des mamies. Un éclat de rire généralisé se propagea sur la terrasse.

Léa arriva à cet instant. Voyant son chauffeur hilare, elle se mit elle-même à sourire. Oui, la période noire était bien finie : Viviane était tirée d'affaire au magasin. Patrick se remettrait tôt ou tard de ses déboires et, quoi qu'il en fût, les parents s'étaient revus pour la première fois depuis plusieurs mois ; c'était une vraie lucarne d'espoir. Eddie s'apprêtait à mener son projet de manière plus raisonnée et – ô miracle ! – avait pris rendez-vous pour sa fibroscopie. David consolait Esther et malgré ses mises au point initiales, il assumait finalement ce rôle avec un bonheur immense. Léa, de son côté, tiendrait sa promesse et ne consulterait plus Orényce. Elle n'en ressentait, du reste, plus aucune utilité. Hervé s'avérait, en fin de compte, le plus durement touché. Mais il semblait reprendre goût à la vie. Il confirma cette impression en réagissant positivement à la bonne humeur de Léa.

— Alors, mon bon ! fit-elle en imprimant la trace de ses lèvres sur son front. On s'éclate aux terrasses ?

— On fait ce qu'on peut...

— Allons, allons, garnement ! Je viens de te voir rire comme une baleine !

— Tu as déjà vu rire une baleine ?

— Euh... Dans *Pinocchio* ?

Elle tordit sa bouche et enchaîna, sur un ton des plus sérieux.

— Non, c'est vrai, elle rit pas, elle bouffe... Sympa, ton *sweat-shirt* décontracté !

Dix secondes s'écoulèrent. Hervé posa sa main sur celle de sa patronne, reconnaissant.

— Merci, Léa ! Sincèrement merci...

— On fait ce qu'on peut, répondit-elle en écho à la phrase d'accueil du chauffeur.

Le groupe de vieilles dames quitta la terrasse, poursuivi par le père japonais qui, dans un anglais inintelligible, proposait de rembourser les frais de teinturier. Sa victime répétait : « *no spique angliche, no spique angliche !* ». Elle s'en débarrassa en ajoutant : « *no problème, no problème !* ». La famille asiatique s'éclipsa également, laissant un pourboire de cinq cents francs. Décidément, en ce 26 juillet, « été » rimait plus que jamais avec « générosité » ! Le serveur glissa le billet dans sa sacoche puis, euphorique, regagna l'intérieur de la brasserie en slalomant entre ses clients.

— C'est quoi, le programme du jour ? demanda Hervé.

— Tranquille. On boit un coup et on rejoint Eddie au bureau. On va avoir besoin de toi...

— Ah bon ? Et puis-je savoir pourquoi vous pourriez avoir besoin de moi ?

— Comme d'hab' : pour ton bon sens, le recul que tu as par rapport à nous qui sommes immergés dans nos bulles et... pour ton arbitrage, par la même occasion. Je sens qu'Eddie et moi, on sera pas toujours d'accord sur tout... on sera même probablement d'accord sur rien !

— Arbitre ? C'est dans mon contrat, ça ?

— Tu veux une prime de risques ?

— A voir.... Et peut-être aussi un casque intégral ! Ça ne va pas être facile de jouer les médiateurs avec deux entêtés comme vous !

Les humours respectifs de Léa, Eddie et Hervé se déteignaient les uns sur les autres. Il suffisait qu'ils discutent, à deux ou à trois, pour que les piques fusent tous azimuts. En escalade... Et chaque fois, à l'issue de ces échanges verbaux acidulés, chacun se sentait bien, en phase avec les autres. La vie avait bien fait les choses en les réunissant.

Léa proposa de régler les boissons pendant qu'Hervé irait chercher la voiture. Le jeune homme la remercia et disparut dans une rue, en face de la brasserie. Léa laissa un pourboire de dix francs, ce qui ramena le serveur sur terre. Elle s'approcha du bord du trottoir et s'appuya sur la rampe d'accès au métro.

Une moto vrombit, grosse cylindrée. Le conducteur porte un casque intégral. Ironie du sort... Il a une batte de base-ball dans la main droite. Léa ne l'a pas vu. A hauteur de la chanteuse, il lui décoche de toutes ses forces un coup violent à hauteur des genoux. Léa Bérenger s'effondre. Le serveur accourt, constate que la plaque d'immatriculation du véhicule est couverte d'un torchon. Puis se penche vers la jeune femme. Elle tourne de l'œil, mais ne perd pas conscience. La douleur est si vive qu'elle en reste muette. La berline noire arrive un peu plus tard. Hervé se contentera de suivre l'ambulance, en route vers l'hôpital le plus proche.

—

— Bébé ! cria Viviane en entrant dans la chambre où sa fille était allongée.

Léa avait les membres inférieurs complètement enveloppés dans deux impressionnantes attelles.

— Mon Dieu, tes jambes, ma Bébé ! Comment ça va ? Comment c'est arrivé ?

— Un abruti sur une moto ! Je sais même pas s'il l'a fait exprès, et je vois pas pourquoi d'ailleurs !

— Seigneur, ma fille ! Quelqu'un te voudrait du mal ? Tu n'as pas d'ennemis ?

— A part tous ces charlots à qui j'ai refusé de succomber, ces derniers temps, je ne crois pas !

— Je suis contente de voir que tu ne souffres pas trop. Tu ne souffres pas trop, n'est-ce pas ?

— Non, bien sûr ! J'attends le verdict des radios avec des tonnes de projets sportifs pour ce soir, m'man ! Je plaisante... J'ai un peu mal, mais ça va mieux comme ça, immobilisée.

— Qu'en pense Eddie ?

— Il vient de repartir d'ici, avec Hervé, pour aller porter plainte contre X. Le serveur du bar devant lequel ça s'est passé s'y connaissait en motos. On a le type de l'engin, je sais pas si ça peut servir, mais bon...

— Eddie va revenir ?

— Oui. Enfin, *a priori*, oui. Mais pas avant cinq heures et demie, six heures.

— Je vais rester avec toi, alors !

Léa écarta ses fossettes en un sourire crispé.

— Euh, m'man...

— Oui, Bébé ?

— Juste que ... papa vient vers cinq heures !

Viviane se raidit.

— Dans ce cas, il prendra ma relève. Je partirai avant, si tu n'y vois pas d'inconvénient !

— Vous pouvez bien vous voir cinq minutes, allez ! C'est pas la mer à boire !

— Toi, ne m'oblige pas à t'enguirlander ! prévint Viviane. Je n'en ai pas parlé jusqu'à maintenant, mais... Tu vois ce que je veux dire !

Léa composa un faciès du meilleur effet hypocrite.

— Hum... Je vois pas, non !

— Bébé ! Ne fais pas la blanche colombe avec ta mère ! Ce n'est pas aux vieux singes qu'on...

— Je t'ai déjà dit que tu n'étais pas vieille, m'man ! coupa Léa avec une mimique candide.

— Bébé, cela ne m'amuse pas ! Pourquoi es-tu allée tout raconter à ton père ? Tu m'avais promis de ne rien lui dire !

— J'ai pas promis !

— Joue avec les mots, tiens ! Tu as de la chance que nous soyons à l'hôpital, sinon tu aurais entendu parler du pays ! Ce n'est pas raisonnable de faire la... la... l'entremetteuse avec...

— Tu m'excuseras de jouer l'entremetteuse pour réconcilier mes parents que j'aime ! Et qui s'aiment aussi, toujours, je suis sûre ! Papa est toujours dingue de toi, m'man, et toi tu veux rien savoir ! Fallait le voir se pointer chez moi avec ses roses et son costard... J'ai cru mourir de devoir l'empêcher d'aller te voir !

— Mais tu ne l'as pas empêché !

— Et alors ? Pourquoi j'aurais fait ça ? Il est malade que tu sois partie, il fait n'importe quoi...

— Ça, ça n'a jamais fait aucun doute ! railla Viviane en s'asseyant au bord du lit.

— M'man ! Il fait – encore plus – n'importe quoi parce qu'il ne peut pas vivre sans toi !

Le ton montait et madame Déhal bouillonnait depuis deux bonnes minutes. Les derniers mots de sa fille firent sauter le couvercle de la marmite.

— Ça, il aurait pu s'en rendre compte avant de faire ses c...

Elle s'autocensura. Léa écarquilla les yeux.

— Ses c...onneries ? Quelles conneries ?

Viviane regrettait son début de confidence.

— Rien, Bébé ! Rien...

Léa hasarda une hypothèse.

— Il t'a... il t'a trompée ?

— Mais non ! évacua la mère d'un mouvement du poignet, sans conviction.

— M'man, réponds-moi : il t'a trompée ?

La quinquagénaire alla s'asseoir sur une chaise plus éloignée.

— Non, Bébé. Enfin, à ce qu'il dit. Mais... il a failli !

— Quand ? Avec qui ?

— Tu sais ce que c'est, à son âge ! Avec une petite jeune, évidemment... Il m'a tout avoué, un peu avant que nous nous séparions. Contrairement à ce que tu as toujours cru, ma fille, je ne suis pas partie parce que je ne supportais plus son autodestruction, non. Je serais toujours restée avec lui, parce que je voulais...

Viviane sourit tristement, hagarde. Une matraque traversa sa mémoire. Trente-deux ans en arrière, la nuit du 6 mai 1968...

A l'extrémité de la matraque, les gants noirs d'un homme casqué, menaçant. L'ordre public parodié, bafoué dans le désordre des pavés et gravats. Le porte-voix de l'étudiante libérée n'est plus que débris métalliques éparpillés à ses pieds. Et cette matraque, la même que celle qui vient de faire voler en éclats le mégaphone... Peu importe la légitimité des revendications, cette matraque va fatalement s'abattre sur elle. Patrick se dresse entre la meneuse et son bourreau. La matraque ne la touchera pas, il peut le jurer devant tous les Dieux de l'univers. Il sera son bouclier, pour une fois, pour démontrer qu'il sait aussi être courageux. Pour qu'elle cesse de ne voir en lui que l'adolescent lymphatique, le suiveur. Pour qu'il soit enfin son égal, sur le piédestal où il l'a hissée, dans son cœur. Pour qu'elle l'y accueille avec le respect auquel il prétend. Il se trompe, lourdement. Lourdement aussi, la matraque descend sur son front. Et c'est au contraire Viviane qui vient à sa rescousse, armée d'une planche de bois. Le CRS, surpris, se retrouve alors cerné par une quinzaine d'étudiants revanchards, la garde rapprochée de Viviane. Elle aide Patrick à se relever, puis le confie à deux de ses gorilles dévoués. Avant de disparaître dans le brouillard des fumigènes. Regrets...

— ... Je voulais être là le jour où il sortirait de son enfer, où il trouverait enfin le courage de... de se prendre en main. Ce jour-là, je voulais... je voulais plonger dans ses bras d'homme fier. Celui que je n'ai jamais laissé exister, parce que moi... ha !... moi, Viviane Pérec, étudiante rebelle... avec mes dents longues... avec mes œillères... je l'ai absorbé, je l'ai étouffé... sans m'en rendre compte. Et quand... quand je m'en suis aperçue... il était tard. Trop tard. Il s'était laissé chuter...

Elle souffla, exténuée moralement.

— Voilà... Tu sais tout ! Tu es contente ?

— C'est pas vraiment le mot. Je lève quelques voiles sur mes vingt dernières années... A part ça...

Vendredi 28 juillet 2000

Il va passer en coup de vent ! s'insurgea Léa après avoir raccroché. Il se fout de ma gueule, mon mec ! Bon, ma blessure n'est pas aussi grave qu'on aurait pu le penser, mais ça fait deux jours ! Deux jours que je végète dans cette chambre où les trois quarts des infirmiers viennent me demander si je n'ai besoin de rien, avec des gueules de vicelards... Ah ça ! On dit que les infirmières sont nues sous leurs blouses, moi je dis que leurs collègues mâles feraient mieux de les imiter : on verrait tout de suite leurs intentions, et en 3D ! C'est incroyable, ces poussées d'hormones qu'ils ont, tous, dès qu'ils croisent une jolie femme ! Les infirmiers et les autres, d'ailleurs... Je suis persuadée que presque tous les types qui me draguent ont une petite amie, ou pire, même, sont déjà mariés ! Faudrait que je regarde et que j'engueule ceux qui ont des alliances...

Elle tira la langue. Ouh la ! se dit-elle. Ça me va pas, l'isolement ! Je disserte toute seule sur n'importe quoi ! Eddie, t'arrives quand ? T'es à trois pâtés de maisons de l'hôpital, tu viens de me dire ! Il n'y a plus trop d'embouteillages, la grève des transports est finie. A cette heure-ci, Hervé doit pouvoir appuyer sur le champignon... Alors, qu'est-ce que vous foutez ? Allez ! Je t'en voudrai même pas de « passer en coup de vent ». Tout ce que je veux, c'est être avec toi, même douze secondes... Non ! Disons cinq minutes... au moins !

—

— Coucou, mon ange !

Léa toussota lorsqu'Eddie déposa trente roses rouges – mais pas des « rouge-pastel spéciales » – entre ses attelles.

— Quelle extase ! bouda-t-il. C'est hallucinant ! Qu'est-ce que... des mauvaises nouvelles de la part du médecin ?

— Non... Je dois pouvoir rentrer dimanche soir, normalement. Ton cousin ne livre plus ses spécialités florales ?

— Si, mais il était en rupture de stock... C'est pour ça que tu fais la tronche ?

— Mais non...

— Alors ? Je sais : tu te sens seule, peut-être, mon ange ?

Il est trognon, mon homme ! pensa Léa. Il me comprend même quand je ne dis rien ! Mais mon problème essentiel n'est pas tout à fait là...

Eddie continua.

— Je suis désolé... Entre les démarches pour la plainte, les affaires courantes à expédier et les décisions pour la prochaine émission...

— Quelles décisions ?

— Je te rappelle que même si tu sors, tu vas devoir rester à la maison pendant quarante-cinq jours. Pour une immobilisation, ce sera une belle immobilisation !

— On annule l'émission, tu veux dire ? Mais je peux très bien animer sans me déplacer, jambes sous la table. Pas se moquer du public, bien sûr. Prévenir de la situation, mais faire l'émission quand même !

— Ça me paraît pas une bonne idée. Tu as besoin de repos ! Alors, les répétitions, tout ça…
— Bon ! s'inclina-t-elle, frustrée.
— Alors souris, maintenant ! Je suis là ! Ça devrait aller mieux, la solitude, non ?
— Eddie, faut que j'te fasse un aveu…
— Allons bon ! Je dois m'asseoir ?
— Si tu veux, je préfère…

Le trentenaire tout neuf approcha une chaise et se posta, bras croisés, face à sa chère et tendre. L'air détaché, il la dévisagea en abaissant son sourcil.

— Vas-y, verse !

Léa ferma les paupières et compta jusqu'à dix. Elle s'expliqua alors sans ponctuer d'un souffle, comme pour tondre une partie de son jardin secret, trop herbue à son goût.

— J'avais aussi demandé à Orényce des informations sur Esther par rapport à toi en fait j'avais peur tu comprends par rapport au passé tout ça et les regards que vous avez tous les deux et la complicité et tout ça le slow de ton anniversaire et le bouquet qu'elle a reçu d'ailleurs c'est ton bouquet de maintenant qui m'a secoué et je sais pas comment me justifier mais c'était plus fort que moi excuse-moi je t'en prie excuse-moi.

Pause. Soupir. Mauvais moment passé… ou à venir. Ce ne fut pas le cas.

— Je m'en doutais, affirma Eddie, conciliant. C'est humain, au fond, à partir du moment où on gobe ce qu'elle dit, la voyante. C'est dans la logique de ton comportement illogique ! Je m'en doutais ! T'as un vase de libre, pour les fleurs ?

Mensonge sur toute la ligne, mais réaction d'amour rarissime… Là où bien des couples auraient entamé une interminable querelle sur la confiance et le respect mutuel, Eddie venait spontanément d'enterrer l'incident. Même s'il lui faisait terriblement mal. Mais quelles qu'eussent été les causes de cette jalousie, il ne voulait ni les réfuter, ni seulement les entendre. Léa encaissait, depuis plusieurs jours, une succession de coups durs et son *mea culpa* avait déjà dû lui réclamer un maximum de courage. Passer l'éponge, repartir du bon pied.

— Il faut demander à l'infirmière d'en ramener un, répondit Léa, penaude. Ou virer celles de papa qui sont parties en parapluie...

Eddie opta pour cette solution.

— « Virage du parapluie de papa », exécution !

Il ajouta dans un aparté, style anecdotique :

— Tu verrais David, mon ange ! Il pète le feu, le *brother* ! Ouvert, affable, souriant... A mon avis, Esther et lui, c'est reparti... ou bien ça va pas tarder !

— C'est génial... murmura Léa.

— N'est-ce pas ?

—

Le « coup de vent » dura une heure trente. Hervé se joignit à eux et la conversation prit un tour badin. Les deux hommes charrièrent gentiment Léa, mise en situation de présenter son émission en direct, avec ses attelles. Ils l'imaginaient, par exemple, laissant choir l'une de ses fiches et se démenant désespérément pour appeler un technicien sans que cela ne se voie à l'antenne. Ensuite, Léa et son chauffeur s'attaquèrent à Eddie, le comparant à un sprinter du *Show Business* qui partirait systématiquement de la ligne d'arrivée, puis irait fabriquer les *starting-blocks* ! Léa et Eddie ne jugèrent pas opportun de titiller Hervé, en apparence remis mais sans doute encore fragile pour un certain temps. Hors de l'hôpital, Eddie déclara vouloir rentrer par les transports en commun. Le chauffeur décela une pointe d'aigreur dans la voix de son patron.

—

L'alcool ne guérit pas des eaux mélancoliques. Il les noie, les assèche, et son feu les dilue. Il n'est pas plus messie que gage de salut, dans son temple de verre aux reflets angéliques.

Eddie aurait pu se lamenter en alexandrins, l'œil inondé par son quatrième whisky. Le « Bar des Amis », face à l'hôpital, n'avait de banal que son nom. Des *spots* multicolores y transformaient les tapisseries en mers déchaînées, au rythme de *bossas-novas* jouées par un splendide *juke-box*. Une forêt de plantes vertes, sur le côté vitré, interdisait aux badauds de troubler la quiétude des clients par des regards indiscrets. Un piano droit aux teintes boisées attendait son heure, la première du jour suivant. Les serveuses portaient la douceur dans chacune de leurs attitudes. Ni provocation, ni indifférence. Un îlot de sérénité au cœur de Paris, qu'Eddie venait de découvrir par hasard. La confession de sa compagne lui pesait. Quels gestes, quels regards avait-il pu adresser à Esther pour alimenter la suspicion de Léa ? Bien sûr, il ne tolérait plus la comédie jouée par les époux Gillet ! Bien sûr, il souffrait pour Esther, trompée, humiliée perpétuellement par cet arriviste alcoolique de Cédric ! Bien sûr, il avait dû… parfois… peut-être… sans doute, fusiller des yeux le gérant de *Giant Music*. Mais il n'aimait plus Esther, il s'agissait de pure et saine amitié ! L'amitié existe-t-elle entre un homme et une femme, qui plus est anciens compagnons de route ? Lui avait sa réponse. Mais la majorité n'y croit pas, se dit-il. Elle ne peut y croire parce que la faiblesse pousse souvent les amants du passé à s'abandonner de nouveau l'un à l'autre. Eddie lui-même avait vécu cette situation avec Léa… Mais depuis, il était l'homme le plus heureux du monde. Quant à Esther, elle avait digéré la rupture, philosophe, malgré une période de flottement. Et elle avait désormais tourné la page.

Thomas entre dans le Bar des Amis. Passe derrière Eddie. Semelles de crêpe, pas de bruit. Il fait fi de la présence du manager de Léa. Marche d'un pas alerte vers le juke-box. S'arrête devant la machine. Les pupilles dilatées, il scrute les titres, un à un. Ecarquille les yeux : là ! Elle est là... Il réajuste son bonnet, laisse tomber ses épaules, ferme les yeux et se concentre. *Lorsqu'il les rouvre,* son visage n'avait plus rien d'inquiétant. Le jeune homme de vingt et un ans, colosse à l'allure timide, glissa une piécette dans la fente du *juke-box* et choisit l'un des tubes de son artiste préférée.

Eddie se tourna brusquement. En fond sonore, *Cœur de*, cette chanson qu'il avait lui-même écrite ! Ce n'était pas la première fois que cette situation se produisait, mais jamais dans un tel contexte de *spleen*. Il revit l'image du concert de Marseille, l'étreinte fraternelle de David, la ligne droite de Léa nageant sous la cascade artificielle. L'abus de whisky aidant, il apostropha le nouvel arrivant pour le féliciter de son choix.

— Hé, grand ! Bonne idée, le disque... Tu aimes ce qu'elle fait, la Léa ?

Le jeune homme montra ses écouteurs et s'approcha. Accent banlieusard parisien.

— Prenez ça, m'sieur !

Il sortit de sa poche un étrange dispositif qui ressemblait à un dictaphone, et le tendit à Eddie. L'état comateux de ce dernier se dissipa soudainement. Intrigué, donc plus éveillé, il porta l'appareil à ses lèvres.

— Malentendant ?

— V'pouvez parler plus aigu, s'vous plaît, m'sieur ? J'capte que les « hautes fréquences », comme y dit mon docteur. Un accident...

Eddie adopta une voix de tête et tenta de mettre son vocabulaire au diapason.

— Comment tu peux dépenser de la thune dans un *juke-box* si t'entends rien ? Elle est belle, la chanson, mais bon...

— Hé, j'suis fan, m'sieur ! D'avant mon accident, quoi ! De l'époque *top model*, d'jà, même ! 'Z'avez connu son époque *top model* à Léa Bérenger ?

— Oh oui ! sourit Eddie. Mais elle était juste mannequin, pas parmi les *tops* ! Ce qui est déjà pas mal...

Il grimaça.

— Désolé, mais j'arrive pas à parler tout le temps aigu, excuse-moi. T'entends vraiment pas ce que je dis avec ma voix normale ?

— Ça va aller. Parlez pas trop vite et montez l'bouton au max, çui-là, ouais... Ça va m'siffler dans la tête, mais j'peux supporter cinq minutes...

— Tu es sûr que c'est bon ?

Le jeune garçon hocha la tête. Eddie reprit.

— Tu veux que je te dise, euh... C'est comment, au fait, ton prénom ?

— André. Et vous, c'est quoi ?

— Ed... euh... Samuel !

— J'pas capté ! Jean-Daniel ? fit « André » en plissant les yeux.

— Sa-mu-el, articula Eddie. Et figure-toi que je connais personnellement Léa Bérenger ; si elle savait qu'il y a des jeunes comme toi, fans depuis le début, elle serait flattée, enfin... contente, quoi ! T'étais bien jeune, dis donc, à cette époque !

— J'étais ado, m'sieur Samuel ! Hé, c'est vrai qu'vous la connaissez ou c'est pour m'faire croire ?

— J'ai l'air d'un menteur ?

— J'sais pas, hé ! J'vous connais pas, quoi !

Thomas, André pour la circonstance, fit mine de se laisser gagner par l'excitation.

— Et si c'est vrai, m'sieur, vous savez quoi ? C'est mon rêve d'passer à *PCDM*, depuis qu'j'ai vu la première émission ! Vous pouvez y dire, à Léa Bérenger ?

— Tu sais ce que c'est, *PCDM*, André ! Etre malentendant et fan d'une chanteuse, ça suffit pas. Il faut un talent, un don quoi !

— Hé, m'sieur, j'suis sourd, mais pas « ouf » : j'savais...

— Je voulais pas te vexer, André ! Tu comprends ?

— C'que j'veux dire, m'sieur Samuel, c'est qu'je sais jouer au piano toutes les chansons de l'album de Léa Bérenger ! Sans rien entendre, la vérité ! Ça l'fait pour *PCDM*, pas vrai ?

Eddie abaissa son sourcil.

— Tu es sérieux ?

— *Sur ma sœur*, m'sieur !

— Viens ! proposa Eddie.

Il l'entraîna vers l'instrument délaissé, au fond du bar.

— Tu peux me faire, euh... *Daddy Ghost* ?

André épousseta le coussin du tabouret, puis s'assit. Il demanda à Eddie d'éteindre l'émetteur et fit craquer ses doigts. Les accords qui suivirent étaient justes et... ressentis. La superposition des musiques sud-américaines, à nouveau passées en boucle par le *juke-box*, n'empêcha pas l'auteur d'apprécier la performance.

— Et tu fais ça comment ? fit-il, admiratif.

André, incapable d'entendre le moindre mot, continua jusqu'au bout du morceau. Eddie attendit, puis remit en marche le microémetteur et reposa sa question.

— Et tu fais ça comment ?

— Hé, j'ai appris quand j'étais p'tit, m'sieur ! Et j'ai les partitions, faut pas déconner...

— L'émotion, ça vient ni des cours, ni des partitions, André ! C'est l'oreille, justement, et le *feeling*. Mais les deux sont liés, en général. C'est épatant, ce que tu fais !

— Alors, m'sieur ? Pour *PCDM* ?
— C'est jouable. Mais ça va pas être...

Eddie pensait au laps de temps qui s'écoulerait jusqu'à la reprise de l'émission, et aux sujets en attente. André lui coupa la parole.

— Pas facile parce qu'elle est pas crâneuse et qu'elle va dire non, c'est ça ? Faut lui faire la surprise, m'sieur ! Les gens y z'aiment les présentateurs qu'on leur fait des surprises. Ça serait cool, comme émission...

Le sourcil d'Eddie redescendit d'un cran. Ça, c'était une idée ! Une émission-surprise, chez eux, avec André comme « Pas Commun Des Mortels » principal ! Le fan de la première heure, devenu sourd et jouant malgré tout à la perfection la musique de Léa ! Et pas de répétitions fatigantes pour elle ! Le public accueillerait avec enthousiasme ce cadeau offert à son animatrice adorée en plein désarroi ! Sensationnel !

— Faut que je note tes coordonnées, André !

André paraissait aux anges. Il donna à Eddie un numéro de téléphone mobile.

— Oubliez pas d'parler aigu, m'sieur ! J'habite seul et y'a personne pour m'répéter !

— Et ton nom, pour que j'aie tout ?

— Desvis, m'sieur. André Desvis...

—

Thomas termine sa journée derrière ses rideaux mauves. Les doigts sur le piano, mais il ne joue pas. Il savoure son rôle de composition de jeune banlieusard surdoué. Joanne dort, les mollets sur le canapé vert, le dos par terre, plus bas. Sur la moquette, près de son visage blême, un sachet de soupe lyophilisée, vide. Le « petit » frère se congratule tout seul depuis un quart d'heure.

— *Ce comédien ! « Hé, z'y va, m'sieur, quoi ! », ha ha ! Avec une prise de contact comme celle-là, si on se les fait pas ! Dès que j'y mets un pied, à PCDM, je déballe en direct son passé de sale gouinasse criminelle. Après, je le jure, on la fait disparaître à jamais, la Blanche-neige...*

Lundi 31 juillet 2000

10 heures 12...

— Je le crois pas ! lança Eddie, éberlué. J'en ai la chair de « poulpe » !

Gérard remonta sa manche.

— Tu l'as dit, Ed' ! Moi, ça me fait pareil, regarde !

— Ah ben merde alors ! Si on avait su ça plus tôt, qu'on avait un auteur et un compositeur dans la famille, on aurait fait le tour de tous les cousins pour dénicher l'interprète... Ça se trouve, on serait riches depuis vingt ans !

L'arrangeur esquissa un sourire énigmatique. Eddie voulut en savoir plus.

— Et qui est-ce qui chante, au fait ?

— Ça, il veut pas que je le dise, Dav'. Il veut en parler à personne...

— Laisse-moi deviner : c'est un artiste de chez *Giant*, donc...

— Nan !

— Là, sincèrement, je vois pas !

— Tu trouveras pas ! s'exclama David en entrant.

Eddie se retourna.

— David ! Dis-moi : un type avec cette voix-là, ailleurs que chez *Giant*... Où ? Un cabaret, une comédie musicale ?

— Chez moi ! répliqua David fièrement.

Le sourcil de l'aîné chuta comme jamais il n'avait chuté, comprimant sa paupière droite. Simultanément, ses lèvres dessinèrent un « O » majuscule.

— Non ?

— Si !

— Je le crois pas, ça ! Tu me sidères, *brother* !

— Arrête ton char, Sam ! C'est pas moi qui chanterai, si on en fait quelque chose, de ces morceaux. J'suis pas chanteur... pas plus que musicien... Heureusement qu'y'a Gégé !

Eddie trépigna. Même « guéri socialement », David se rabaissait toujours.

— David ! Primo : tu vas en faire quelque chose, je te le garantis ! C'est de l'or, ton morceau, et les autres aussi, d'après Gérard. Je n'ai aucune raison de ne pas le croire ! Secundo : t'as une putain de voix, frérot, j'en reviens toujours pas !

— Eh bien, reviens-en ! J'ai pas envie qu'on me rie au nez dans les maisons de disques !

— Mais David, tu y es, dans une maison de disques ! En ce moment même... Personne ne te rit au nez ! Tiens Gérard, qu'est-ce que tu en penses ?

— Moi, elle me dresse les poils, ta voix, Dav' !

— Tu vois : le meilleur arrangeur de Paris adore ! Lâche-toi, fonce ! Pas de complexes... Je te *manage*, moi, si tu veux ! On signe tout de suite...

— Pas question ! refusa David. Marre de tes aides, même si elles sont sincères ! Je pense que je vais essayer de vendre mes morceaux tout seul, quand j'aurai l'interprète ! Mais je veux bien que tu réécrives les textes...

Eddie intériorisa son bonheur, incommensurable.

— C'est toi qui vois... Après tout, pourquoi pas te vendre seul, finalement ? Maintenant que tu es moins « ours »... A propos, comment va Esther ?

— Je vois pas l'à-propos !

— Moi, je le vois : tu souris plus d'une fois par mois, maintenant...

— Pauv'gland ! ricana David, acceptant la critique. Elle va bien. Et tiens, à propos – à mon tour –, il faut que tu m'expliques cette espèce de coup de fil « zarrebi », la dernière fois. Tu sais, celui où je t'ai trouvé « volubile » !

— Rebelote : où est l'à-propos ?

Eddie n'avait pas encore fait l'effort de se remémorer la scène. David précisa.

— L'à-propos, c'est que tu parlais avec une certaine Esther, hé hé ! C'était qui, alors ? Et c'était quoi, cette « liaison » ?

— Ah ! La petite niaise qui... Hé !

Les yeux d'Eddie devinrent billes rondes. Deux phrases se succédèrent, puis se confondirent dans sa mémoire auditive : « C'est pas Chouchou, là ? », la jeune Esther... « C'est pas Léa, là ? », Orényce lors de son appel, l'autre matin... Ça y est, il se souvenait ! Le même timbre de voix, à peine déguisé. Et surtout la même expression employée, dans le même contexte, sur le même ton ! Les deux seraient une seule et même personne ? Aucun doute, non, aucun ! Mais pourquoi la voyante aurait-elle échafaudé cette histoire de Chouchou sans queue ni tête ? A quoi jouait cette fille ? Qui était-elle ?

Il dégaina son téléphone.

— Qu'est-ce qui te prend ? s'inquiéta David.

— Je vérifie un truc...

Il chercha dans son annuaire personnel le numéro de son ami inspecteur de police, Dominique.

— Dom' ? C'est Eddie... enfin, Sam, je veux dire ! Tu vas bien ?

Ils se connaissaient depuis l'enfance.

— Dis-moi, Dom'... Tu saurais retrouver l'état civil complet et tout ce que tu peux savoir sur une femme qui habite au... attends, ce doit être... oui, j'en suis sûr : 17, rue du Sergent Duis, dans le douzième ? Non, j'ai pas son nom. Pas facile ? Ah oui, je suis con : y'a sûrement plusieurs personnes au 17 ! Eh oui... Ben, regarde si y'a pas un nom, genre « Orényce » ou quelque chose du style... et tant pis si tu trouves pas, je me démerderai ! C'est vrai que ma question est débile ! Merci d'essayer, vite si possible. Je t'expliquerai. Merci Dom'. A tout de suite.

Il raccrocha mais garda l'appareil entre ses mains.

— Tu m'expliques ? fit David.

— Attends deux secondes, frérot ! Faut que j'appelle chez moi. Léa ?

—

— Oui... Oui... OK ! marmonna Léa avec beaucoup de sang-froid.

Elle était rentrée la veille au soir. Assise près d'elle, Orényce lui rendait visite. Lors de son appel, une heure plus tôt, la voyante avait appris l'incident de la semaine précédente – elle savait, bien évidemment. Léa lui avait, en outre, opposé une fin de non-recevoir définitive au sujet des prochaines séances. Orényce voulait à tout prix inverser la décision de sa seule cliente, au chuchotement suspect, mais imperceptible.

— Tu vas savoir, mais tu sais pas encore, OK ! poursuivit Léa à voix basse, de son fauteuil. J'attends, OK. Pourquoi je parle pas fort ? Devine !... Gagné ! Mais non, tu fonces pas ici, enfin ! Si Dom' te rappelle, tu ne capteras rien dans les transports ! OK, à tout à l'heure.

Elle posa son téléphone sur la table de chevet. Elle n'avait pas tout compris à cette histoire d'une « autre Esther », à ce coup de fil qu'Eddie décrivait. Mais ce qu'elle avait saisi, c'est que la voyante était quelque peu joueuse. Durant les minutes qui suivirent, elle ne la regarda pas avec la même bienveillance qu'au début de leur entrevue.

Lundi 31 juillet 2000

10 heures 57...

— Tu vas tomber sur le cul, Sam ! prévint Dominique Kazan. Tiens-toi bien : d'abord, ça a été plus facile que prévu, vu qu'il n'y a que deux appartements habités au 17, rue du Sergent Duis, dont l'un par un mec, apparemment tout seul. L'autre, j'ai appris que la locataire en est une certaine De Vissandre. Joanne De Vissandre. Ensuite, je suis allé au fichier d'ici. La fille est l'une des héritières d'une riche famille, autrefois dans le gotha des Hauts-de-Seine. Les parents sont décédés tragiquement dans une sordide histoire d'accident de voiture... sur le terrain qui entourait leur manoir à Saint-Cloud. Ils ont dérapé et écrasé leur fille aînée, Agnès. Ils avaient quatre enfants, dans l'ordre : celle qui est morte, puis la fameuse Joanne, et ensuite deux garçons, Thomas et Eric. C'était y'a onze ans, *pile poil* ! Où je veux en venir ? C'est simple ! T'es assis ? Sur la fiche de l'enquête, y'a une citation à comparaître, comme témoins de l'accident, un jeune couple : un dénommé Serge Tournant et une certaine... Bérangère Déhal ! Je peux pas t'en dire plus, le réseau informatique est en carafe, j'ai pas accès au dossier complet... Mais j'ai trouvé une autre adresse, si tu veux... Sam ? Sam ?

Eddie avait raccroché depuis que le nom de Léa était apparu, après avoir pris quelques notes.

—

— Bonjour belle-maman, ânonna Eddie avec beaucoup de mal à garder son calme. Eh bien... vous n'êtes pas là, euh... Rien de grave. Enfin, euh... non, rien de grave ! Je vous embrasse. A bientôt, belle-maman.

Le répondeur ne reconstituerait pas le puzzle. Eddie composa un nouveau numéro, sous l'œil de David et Gérard, muets.

— Patrick ? Dites-moi... Quoi ? Oh, non ! Vous avez pas bu, quand même ? Pas à cette heure-ci, non ! Ecoutez, Patrick : je vous demande une minute de lucidité, une seule ! Ecoutez-moi bien : qu'est-ce que Léa et un certain Serge Tournant ont à voir avec un accident qui est arrivé à une famille De Vissandre, il y a onze ans ? Hein ? Que j'appelle « Tournant & fils », un garage à Bobigny ? J'ai compris, vous n'êtes pas en état... Merci quand même, Patrick !

Enième combinaison de touches sur le minuscule téléphone : les renseignements. Puis le transfert sur la ligne du garage.

— Bonjour, je souhaiterais parler à M. Tournant, s'il vous plaît ! Lequel ? Effectivement : « & fils »... autant pour moi ! Serge, s'il vous plaît. Je hais les musiques d'attente de Vivaldi... Allez, magne-toi, Serge, magne-toi ! Allô ? Serge Tournant ? Oui, bonjour ! Je vais aller vite et essayer d'être clair : je m'appelle Samuel Mekri, dit Eddie Mercurio, et je suis... Vous savez qui je suis ? Très bien, ça va simplifier. Pouvez-vous me dire ce qui est arrivé il y a onze ans, l'accident d'une famille De Vissandre, au cours duquel les parents et une de leurs filles sont morts et où Léa, euh... et où Bérangère et vous avez été cités comme témoins pour l'enquête ? Comment ça, ça me regarde pas ? Vous n'avez pas compris, je... Vous ne voulez pas en parler ? Mais si, vous allez m'en parler !

David arracha l'appareil des mains de son frère. Il le sentait terriblement anxieux et entreprit donc de faire avancer les choses, quitte à se montrer violent.

— Ecoute-moi, Serge Bidule ! cria-t-il d'une voix extraordinairement menaçante. Tu vois, à ce moment précis, mon grand frère, il s'angoisse pour sa copine. Je te jure que c'est toi qui vas être angoissé si tu lui dis pas ce qu'il veut savoir, parce que je te promets de venir en « *direct live* » chez toi pour te fabriquer une gueule d'*Elephant Man*, vu ? Même qu'après, tu finiras par parler et t'auras eu tout faux !... OK ? A la bonne heure ! Je te repasse mon frère. Tiens, Samuel...

Eddie avait plaqué sa main sur sa bouche, abasourdi par tant de culot de la part de son cadet. Au bout du fil, il trouva un Serge plus coopératif.

— Alors, Serge, Vous... hum... tu racontes ?... Quoi ?! Qu'est-ce que c'est que cette connerie ? Un jeu d'adolescentes ?

Les non-dits du résumé de Serge Tournant, souvenirs d'une nuit sinistre :

« *Bérangère, qu'est-ce 'tu glandes ?*

— *Y'a Agnès qui me tape sa crise !*

— *Rien à branler, d'Agnès ! T'as pas compris, depuis l'temps, qu'elle te cherche ? T'es pas gouine, toi ! Alors pourquoi tu la laisses croire depuis l'début ? Et il est où, l'aut' nœud ?*

— *Je sais pas, c'est... c'est notre jeu... Elle... elle l'a sûrement enfermé dans sa chambre.*

— *Putain, mais vot'jeu, c'est un truc de merdeuses : s'amuser à faire chier des mecs en les enfermant pendant des plombes, non mais c'est quoi, ce délire ? T'aurais jamais dû... Et tu voulais jouer à ça avec moi ? J'ai plus quinze piges, moi !*

— *Toi, c'est pas pareil, je... Agnès, elle dit que les mecs, c'est tous des gros cons, mais toi, c'est... J'arrête le jeu, là...*

— *Laisse tomber ! Bon, il a qu'à se démerder, l'autre ! C'est un gamin... Il s'est fait couillonner, on n'y peut rien ! Allez, on se tire !*

— *Serge ! Agnès... elle descend l'escalier ! Oh la la ! Ce regard ! Elle est allumée, là... Oh, merde, merde... On dirait qu'elle veut nous... Serge, fais quelque chose !*

— *On s'tire, j'te dis ! Elle s'excitera sans toi, cette fois ! Ça lui fera les pieds ! Viens, ça commence à m'les casser ! Elle sortira pas en chemise de nuit, d'tout'façon !*

— *Si, regarde !*

— *En plus, y pleut, chiotte ! On fonce à la bagnole... Ils pouvaient pas le laisser ouvert, leur portail de mes couilles, les bourges ? J'suis garé à perpète !*

— *Serge, elle est vraiment devenue folle ! Elle court, elle gueule, je l'ai jamais vue comme ça !*

— *Mais où t'as pêché une frappée comme celle-là, putain ?*

— *Serge, Serge... Seeerge ! Y'a une voiture, là ! Attention !... »*

Eddie blêmit.

— Qu'est-ce que ça veut dire ? Léa se cherchait... Quoi ? Sa sexualité ? Quoi, lesbienne ? Tu te fous de moi ?

Le volume de sa voix prenait de l'ampleur.

— Ah ! Il s'est rien passé entre elles... Hein ? Limite ? Putain de merde... Et après ? Vous avez évité la voiture... ils ont dérapé et... OK, stop ! Je vois la suite : les parents et la fille sont morts ! C'est pas tout ? Le petit Thomas était dans la voiture... Eh bien ? Il avait la tête coincée entre les sièges avant l'accident... et ? Le choc l'a mutilé au niveau des... Quoi ?!

Dans l'esprit d'Eddie : un mot pluriel, un visage singulier... et un bonnet noir. Ses yeux fondirent sur les notes qu'il avait prises. Le capuchon de son stylo recouvrait les premières lettres du nom des De Vissandre. Un prénom apparut.

— Oh putain de nom de... Merde ! Merde, merde, merde ! Je raccroche, là, c'est grave ! Merci pour l'info. Oh putain !

Il écarta le capuchon. Il ne fut pas utile de se creuser les méninges plus longtemps. « DE VISSANDRE » était bel et bien un anagramme de... « ANDRE DESVIS ».

Appel final du matin.

— Allô, Léa... Ne dis rien, ne change rien ! Elle est toujours là ? OK ! Garde surtout un comportement normal, mais fais gaffe hein ! J'arrive ! Ne montre rien, j'arrive !

Il s'adressa à son frère.

— Trop lents, les transports...

— J'ai mon *Scooter*, proposa David. On y va !

Lundi 31 juillet 2000

11 heures 13…

Léa reposa le combiné sur la table basse.
— Un souci ? questionna Orényce.
— Eddie ! Toujours le même, hé hé ! Enfin…
— C'est à dire ?
Léa déglutit avec un rictus.
— Tu… tu me permets de garder des parties de ma vie pour moi ? Et puis… y'a un truc qui me chiffonne ! Tu…
Elle ne saurait décidément jamais tenir sa langue, trop entière pour ne pas asséner ses quatre vérités à sa visiteuse. Elle n'imaginait pas la gravité de la situation, ne disposant que d'une information partielle : Orényce avait passé un coup de fil à Eddie, en inventant une histoire abracadabrante de femme trompée et de jeune Esther pas très futée.
— …Tu joues à quoi, Orényce ? Tu peux m'expliquer une histoire d'Esther et de… « Chouchou » – n'importe quoi ! – d'appel bidon à Eddie ? Et surtout, surtout, après ma conne de demande sur Esther Serrano… Tu peux ?

La voyante conserva provisoirement sa sérénité. Elle éloigna les appareils téléphoniques de son hôtesse.

— Tu fais quoi ? s'inquiéta Léa.

Orényce posa ses pupilles bleu-artificiel au fond de celles de Léa. Son calme se transforma en surexcitation. Ça ne figurait pas dans les plans de Thomas, ça ! Quel comportement devait-elle adopter ? Elle ne savait pas, Thomas n'avait pas prévu cette situation. Elle respirait bruyamment, malmenant son propre téléphone portable entre ses doigts maigres. Thomas, tu m'envoies quoi, comme énergie, là ? Je sens rien... La lucidité d'Orényce battait de l'aile. Puis disparut définitivement.

— Excuse-moi, Blanche-neige, fit-elle comme hypnotisée. J'appelle mon frère...

Léa se sentait perdue dans un labyrinthe où elle n'avait jamais eu l'impression d'entrer. Dont elle n'avait jamais perçu les parois invisibles même si, semblait-il, elle s'y promenait depuis quelques jours. Elle se tut complètement, glacée d'effroi du début à la fin de l'appel.

— Thomas ? bredouilla la voyante avec une voix aiguë et monotone. Oui, je suis chez Blanche-neige. Je sais pas si elle sait, elle ou Simplet... Je sais pas ! Je fais quoi, je m'en vais ? Non ? T'arrives ? Non, Thomas... Ne crie pas, ne viens pas ! Je veux qu'on arrête, moi... Thomas ?

La communication s'était terminée, à l'initiative de Thomas. Joanne se répandit en larmes.

Lundi 31 juillet 2000

11 heures 28...

Eddie et David ouvrirent sèchement la porte d'entrée, la laissant béante pour se précipiter au salon. L'aîné fit face à la voyante.

— Maintenant, tu parles et ensuite, tu sors d'ici, Joanne De Vissandre !

Léa, estomaquée, trouva enfin la clef de son labyrinthe. Elle superposa mentalement, incrédule, deux visages. Celui d'Orényce, femme rousse et maigre aux yeux bleus, et celui de Joanne, gamine rondouillarde aux cheveux longs et châtains, yeux noirs. Au prix d'un *flash-back* éprouvant de onze années :

« *Serge, Serge... Seeerge ! Y'a une voiture, là ! Attention ! Agnès... Agnès ! Non, noon !*

— *...*

— *A... A... Agnès !*

— *Putain de merde ! T'as rien, Bérangère ? Viens ! On s'tire, faut pas qu'on reste ici !*

— *Ça va pas ? Agnès... Faut l'aider !*

— J'ai pas envie d'êt'mêlé à ce bordel, t'entends ? Mon père a besoin de moi, au garage !
— Thomas ! Regarde Thomas qui sort de la voiture ! Mon Dieu, quelle horreur ! Il a la tête en sang ! Il faut les aider !
— *Tu viens, oui ou merde ?*
— T'as entendu ce cri ? Joanne, là-haut ! Et Bruno qui tape sur la vitre... C'est un cauchemar, Serge, c'est un cauchemar !
— *Tu viens, oui ou merde ? Je le répèterai pas trois fois !*
— Je... je... j'arrive. Agnès... »

Non-assistance... Sursis... Léa réprima un frisson. Eddie reprit.

— Et tu dis à ton frère que, pour *PCDM*, c'est râpé... que je ne le revoie plus jamais, lui non plus !

Une voix de banlieusard se fit entendre derrière les deux frères, qui n'eurent pas le loisir de se retourner.

— *Bijour*, m'sieur ! Pas cool, deux contre une...

Thomas, revolver dans la main droite, poing gauche serré, assomma en même temps Eddie et David. La puissance ravageuse de l'ancien videur du *Dark Road* de Rotterdam était à la mesure de sa haine.

— Pas robuste, vôt'famille, m'sieur, ha ha ! Bon ! Alors, Jo... tu craques encore ? C'est pas le moment, sœurette ! On touche au but ! C'est sûr, on aura court-circuité le plan, mais l'important, c'est qu'elle crève la Blanche-neige ! Hein, Blanche-neige ?

— Va au diable, Thomas De Vissandre !

Il lut sur ses lèvres.

— On me reconnaît ? C'est bien ! Ça en fait de l'eau qu'a coulé sous les putains de ponts, hein ?

Son expression était celle d'un aliéné. Il ôta son bonnet.

— T'as vu ce que tu m'as fait, Bérangère ? J'entends même pas tes chansons, c'est con, hein ? Mais avec les partitions, c'est un jeu d'enfant... Quand je les ai lues, j'ai trouvé ça vachement sympa ! Ils ont un savoir-faire, ces ricains ! Mais ils auront pas la joie de voir les balafres que tu m'as faites, à la télé dans ton émission... Ah, ça, c'est dommage ! Mais d'ailleurs ils verront plus du tout ta p'tite gueule de salope, dès cet après-midi ! Ou alors, en clip ou en hommage, pendant un ou deux jours. Et puis ils t'oublieront, tout le monde t'oubliera, ce sera comme avant. Presque comme avant...

Les traits de Léa ne bougèrent pas d'un millimètre. Joanne, visage enfoui entre ses mains, ne put avertir son frère de l'arrivée de Patrick Déhal derrière lui.

Plus tôt, alertée par son intuition maternelle coutumière, Viviane avait interrogé son répondeur à distance. Ayant décelé une réelle anxiété à l'écoute du message d'Eddie, elle avait appelé *Giant Music* et le standard avait transféré la communication à Gérard. L'arrangeur avait bafouillé le peu qu'il avait compris, mentionnant le coup de fil à Patrick, celui à Serge, et enfin le départ des frères Mekri vers l'appartement de La Madeleine. Viviane avait alors joint son mari, l'avait rabroué pour son absence de réaction et lui avait intimé l'ordre d'aller voir chez leur fille, saoul ou pas. Le ton sévère et la voix affolée de son épouse avaient ramené Patrick sur terre. Il avait obéi et sauté dans le RER puis dans le métro. Entré sur la pointe des pieds, il saisit un vase de terre cuite et assomma à son tour le géant De Vissandre.

— Personne ne fait de mal à ma fille !

Il aperçut Joanne.

— Karine ? Qu'est-ce que tu fais ici ?

Joanne releva la tête, incapable de répondre, incapable même de remettre un orteil dans la réalité. Elle était dépassée, irrémédiablement dépassée. Elle eut un spasme violent en constatant que son frère gisait au sol. Léa se donna trois claques sur la joue droite.

— Karine ? P'pa, c'est Joanne De Vissandre... Je comprends rien !

— Moi non plus, Bé. Mais apparemment elle m'a bien... elle nous a bien embobinés depuis le début ! Ça va toi ?

— Ça pourrait aller mieux...

Allongé sur le parquet, Thomas n'avait pas réellement sombré dans un état inconscient. Sans ciller ni bouger, il attendit de reprendre complètement ses esprits avant de s'accroupir brusquement et ramasser son arme, prêt à vider son chargeur sans discernement.

— Crève, le Trappiste ! Crève, Blanche-neige ! Crève, conne de sœur ! Crevez tous !

Un coup de feu retentit. Mais il ne provenait pas du revolver de Thomas. Un policier venait de tirer, entré dans l'appartement avec Viviane.

— Tu laisses ma famille tranquille, c.... connard de vigile de merde ! lança Viviane alors que Thomas tournait son regard vers elle, tête ensanglantée sur le parquet. Tu m'as fait assez de mal comme ça !

L'adieu de Thomas De Vissandre fut à la hauteur de l'œuvre destructrice de sa vie d'adulte, courte et étouffée dans l'œuf.

— Sale pute...

Il exhala son dernier soupir.

— Petit con ! rétorqua Viviane, délaissant à nouveau son langage châtié pour la circonstance.

Tout le monde avait oublié la présence de Joanne... sauf Patrick. Il la vit se dresser sans pouvoir esquisser un geste. Elle voulait être ailleurs... *C'est pas Thomas, là, par terre. Thomas, il est fort, il est immortel. Et il ne veut pas ma mort. C'est pas Thomas, là. Thomas, il est ailleurs...*

Un cri strident, désespéré. Le bruit des carreaux qui se brisent. Joanne, déboussolée et déjà morte mentalement avec le dernier râle de son frère adoré, se fracassa le crâne quatre étages plus bas.

Patrick ferma les paupières puis se dirigea vers sa femme.

— Viviane...

— Je suis là... et je l'ai vue ! répondit-elle, menton haut. Ça va aller, Bébé ?

— Oui, m'man... Maintenant, ça va ! Eddie, je...

David aidait son frère à se relever. Léa baissa la tête devant le visage de son compagnon. Désapprobateur, fustigeant l'attitude déraisonnable qui avait conduit à cet épilogue sanglant. Les parents Déhal se dévisagèrent un long moment, sans mot dire. Patrick cherchait à percer les sentiments de son épouse. Etait-elle satisfaite de son intervention à lui ? Intervention d'homme déterminé et de père responsable ou presque... enfin ! Elle, cherchait dans le regard de son mari les flammes du renouveau, entre les veinules rouges et le blanc jauni. Elle ne les trouvait qu'à moitié. Elle décida que c'était suffisant...

— Je te laisse avec Eddie, Léa. Faites le point tous les deux, vous nous expliquerez plus tard. Tu viens, Patrick ? On rentre chez nous...

Il prirent congé. David leur emboîta le pas, prétextant de devoir déplacer son *scooter* du trottoir. Le policier leur demanda à tous les trois d'aller déposer au commissariat. Il vérifia que Thomas était bien mort, puis téléphona pour demander l'enlèvement des corps. Ensuite, il se posta pudiquement sur le palier.

Léa, dans l'impossibilité de se déplacer, joignit ses mains comme en prière. Implorante, larmes aux yeux.

— Eddie, je t'en supplie, pardonne-moi... J'ai été conne, pardonne-moi !

Le jeune homme ne pipa mot. Il se contenta d'approcher, de passer ses doigts dans les cheveux de Léa puis de la serrer contre son ventre. Il la sentait aussi fragile à cet instant qu'à l'époque de leur rencontre, et il venait d'en découvrir la cause profonde. Depuis, la cadence qu'il avait imposée à leur vie avait relégué très loin dans sa mémoire le traumatisme de Léa.

Un « bip » sous sa ceinture informa Eddie d'un message laissé sur son répondeur par Dom'. Il l'attendait, rue de Bruxelles, près de la Place de Clichy. Rien à ajouter, il fallait qu'il voie...

— Je viens avec toi, proposa Léa.

— Tu viens que dalle ! Avec tes attelles ?

— Et la chaise roulante ? Je te dis que je veux venir voir...

Eddie demanda au policier de faire venir un véhicule adapté, afin d'être au plus vite dans le neuvième, non loin de là.

Lundi 31 juillet 2000

Midi

Dom' conseilla à Léa de ne pas entrer. Elle refusa catégoriquement. L'inspecteur avait localisé l'autre appartement loué dans Paris au nom de Joanne et Thomas De Vissandre. La pièce principale du F2 de la rue de Bruxelles était presque aussi dépouillée que le pseudo-cabinet de voyance, rue du Sergent Duis. Mais l'espace « client » d'Orényce ne pouvait pas afficher la même négligence qu'ici, cadre de vie véritable des De Vissandre : cette moquette beige-sale, immonde et couverte de grains, comme une espèce de sable. « Envoyez au labo », répétait Dom' sans discontinuer. « Soupe lyophilisée, chef ! ». « Envoyez quand même ». Le canapé vert : couleur passée, étoffe usée, les mêmes grains... Léa se remémora une lointaine conversation avec la défunte Agnès : l'invariable potage qui débutait chaque repas, été comme hiver, chez les De Vissandre, rituel familial depuis des générations. Line-Marie, cuisinière médiocre, prétendait que trop d'eau, c'était moins de qualités nutritives... Un schéma reproduit à l'extrême par Joanne, sur ordre de son frère.

Et puis, les rideaux mauves... L'alcôve, univers de Thomas. Léa et Eddie focalisèrent leur attention sur ces rideaux. Instinctivement, ils assimilaient cette couleur au troisième des enfants De Vissandre, malade mental aux pulsions de *vendetta* meurtrière. Un policier au crâne rasé, en faction devant l'alcôve, semblait leur déconseiller d'y pénétrer. Du regard, seulement du regard... un regard protecteur et épouvanté à la fois, mêlant l'interdit, le dégoût, la tristesse...

— Ecartez-vous, s'il vous plaît ! ordonna Léa de son fauteuil roulant.

Le garde sollicita les yeux de son chef. Dom', en retour, fixa les siens dans ceux d'Eddie. Message final de ce dernier, sans un seul mot échangé : elle veut voir, elle veut savoir, sinon elle ne pourra pas passer à autre chose... Le fonctionnaire rasé fit un pas de côté. Eddie posa ses doigts dans l'entrebâillement, demanda un dernier acquiescement de la part de sa compagne, et tira les rideaux. Les yeux de Léa ! Jamais... jamais elle n'oublierait ! Jamais elle n'aurait imaginé ! Elle poussa un cri d'horreur, tellement fort qu'il ne s'accompagna d'aucun son. Elle superposa les paumes de ses mains sur sa bouche. Envie de vomir, elle détourna la tête. Eddie referma spontanément le paravent de tissu mauve. Le couple retourna dans le couloir. Quitter cet oxygène vicié...

Dom' leur suggéra de rentrer chez eux. Dès qu'ils furent dans l'ascenseur, l'inspecteur demanda à son subordonné son rapport sur le contenu de l'alcôve. Le jeune policier avait été formé pour conserver son flegme en toute situation. Au fur et à mesure de son énumération cependant, les mots perdaient en puissance sonore et en neutralité de ton.

— Pièce : petite alcôve, six mètres carrés environ. Rideaux mauves. Poussière. Odeur pestilentielle. Intérieur : piano droit, noir. Des partitions froissées. Une batte de base-ball. Matelas pneumatique, bleu marine. Pas de draps. Pas de couvertures. Murs : pas de tapisserie. Des photos, partout sur le mur. Découpées, déchirées. Elle représentent la même personne. Identité : Léa Bérenger, artiste. Des t... taches rouges sur les photos. C'est du sang, analyse labo requise, chef ! Des magazines, des journaux, tous découpés. Il y en a par terre et sur le piano. Des bougies rouges sur des petites assiettes bleu-nuit. Toutes consumées à moitié, environ. Un... un buste de femme en polystyrène, chef. Poitrine, épaules et tête. Collée sur la tête, une photo en gros plan. Toujours Léa Bérenger, chef. Des c... clous dans les yeux. Taches de sang, encore. Et du... du... je c... je crois que c'est du sperme, chef. Partout sur le visage. Il y en a par terre aussi, et sur le matelas. Ana... analyse labo requise. Et, et... il y a... il y a un rat vivant... couvert de sang, coincé à l'intérieur de la tête. Un trou pratiqué d'une oreille à l'autre, comme pour la mutiler. La qu... la queue sort d'un côté, le museau de l'autre. Il... ah... il y en a une dizaine d'autres, morts, en décomposition par terre... Et je... C'est tout, chef. Je peux... chef ?

— Allez respirer dans le couloir, Landinski.

Lundi 31 juillet 2000

12 h 10...

En sortant de l'ascenseur, Eddie serra les mains de Léa.
— C'est fini, Léa. On y va.
— Mmmm....
Il se mit à pousser le fauteuil roulant. A hauteur des boîtes à lettres, Léa articula faiblement.
— Stop, Eddie. Stop !
Elle contempla, au bout de ses yeux verts, la plaque dorée inscrite « T. & J. DE VISSANDRE ». Eddie songeait encore à l'anagramme concocté par le faux jeune banlieusard, dont le rôle de composition ne serait finalement jamais mené à son terme : « ANDRE DESVIS ». Léa, meurtrie, rassembla les forces qui lui restaient et se mit à larder la boîte à lettres de coups de poings, en pleurant.
— Salauds, salauds, salauds !
— Ils sont morts, fit Eddie. Ils sont morts. Les De Vissandre ne te feront plus de mal, ils sont tous morts...

Léa ne répondit pas. Evidemment, l'assertion d'Eddie était mensongère, ils le savaient tous les deux. Mais Dominique Kazan les avait rassurés : Eric De Vissandre venait de fêter son dix-huitième anniversaire à Clermont-Ferrand, chez son protecteur Maître Pelzmann. Contrairement à Joanne et Thomas, le petit dernier n'avait pas atterri chez ses grands-parents lors de la mort de Charles et Line-Marie. L'avocat de la famille l'avait pris sous son aile afin de lui apporter l'éducation appropriée à son destin d'héritier principal. Après des études brillantes au cours desquelles il avait pris plusieurs années d'avance, Eric préparait un diplôme supérieur franco-américain de *management* international. Accompagné de l'avocat auvergnat, il venait de s'envoler vers les Etats-Unis, pour son ultime année destinée à la mise en pratique de ses connaissances. L'épouse de Maître Pelzmann avait répondu avec étonnement, mais courtoisie, aux questions téléphoniques de l'inspecteur Kazan.

Léa et Eddie se retrouvèrent hors de l'immeuble. Une énorme bouffée d'oxygène ! Eddie maintint la porte pour laisser entrer un homme d'une quarantaine d'années vêtu d'une salopette en *jeans*, une sacoche d'outils à la main. La vie devait reprendre son cours : Eddie redeviendrait ce jeune homme serviable, plein d'humour et d'idées folles. Léa prendrait des cours de comédie dès septembre, pour que leur projet prenne forme dans les meilleures conditions. Eddie sourit.

— Tu veux que je te dise une blague, mon ange ?

— Tu les retiens jamais ! C'est toi même qui…

— Celle-là, elle est de moi : je viens de l'inventer, coupa le jeune homme. Enfin, je l'invente depuis sept ans…

— Whaouh ! Allez, balance ta connerie !

— Monsieur et madame Déhal ont une fille, comment ils l'appellent ?

— Ben : Bérangère ! Elle est où la blague ?

— Non, « Lafami » !
— « La famille » ? C'est pas un prénom, ça !
— La-fa-mi !
— C'est pas un prénom, non plus ! Pas d'ici, en tout cas...
Eddie soupira tendrement.
— « Lafami Déhal »... la femme idéale ! C'est toi, mon ange...
La chanteuse-mannequin-animatrice-future actrice arbora une moue affligée.
— Arrête les blagues, Eddie ! Concentre-toi sur tes projets, t'es plus doué !
— On va faire un tour tout de suite au Cours Florimont, pour tes leçons de comédie ?
— Non ! Je veux quitter Paris !
— Ils ont une antenne à Lyon, on va déménager, mon ange ! Mais faut se grouiller, ils prennent leurs vacances demain !
— C'est parti ! Fais rouler le fauteuil !

—

Le quadragénaire à la salopette de jeans n'a rien d'un manipulateur. Pourtant, sans même le savoir, il sert les intérêts d'un sombre dessein ; il vient poser les plaques d'un nouveau locataire installé depuis l'avant-veille. Passant en revue les boîtes à lettres, il repère celle qui ne porte aucune mention. Sort la plaquette, la visse à ses deux extrémités. Le nouvel occupant a ainsi libellé son identification : E. VAN DER DEISS.